Renate Gertrud Wardenda & Uwe Heinz Sültz

Zweimal Pommes Rot-Weiß mit Currywurst

Sexy- und lustige Geschichten aus dem Ruhrpott im Ruhrpott-Slang!

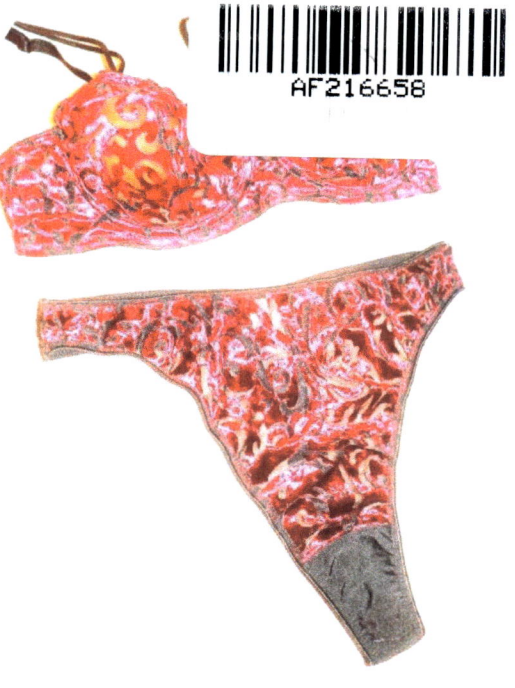

BoD - Books on Demand

Norderstedt 2020

Bibliografische Information durch die Deutsche Nationalbibliothek

Die Deutsche Nationalbibliothek verzeichnet diese Publikation in der Deutschen Nationalbibliografie; detaillierte bibliografische Daten sind im Internet über http://dnb.dnb.de abrufbar.

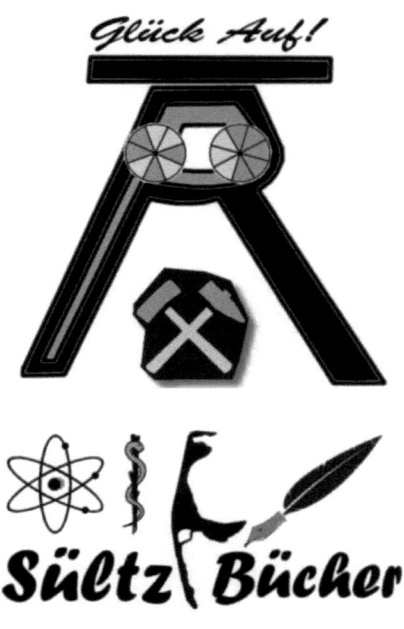

 Bild von Bernd Petrikat auf Pixabay

Herstellung und Verlag:

BoD – Books on Demand, Norderstedt

ISBN 9-78375-0-48227-2

Der Kohlenpott ist eine Welt für sich. Wer erinnert sich nicht gern an den Garten der Großeltern. Oppa war auf'm Pütt. Omma pflanzte Gemüse an und pflegte ihre Rosen. Das alte Zechenhaus war grau, die Randsteine im Garten ordentlich verlegt. Manchmal bestand die Beet-Umrandung auch aus Weinflaschen.

In den Siedlungen mit den Mehrfamilienhäusern wurde jeden Samstag das Auto gewaschen und poliert. Staub auf'm Auto, das ging gar nicht und war der Pott noch so Schwarz ;-)

Die Hausfrauen trugen tagsüber ihre Kittel, ihre Männer Jogginghosen, bereiteten sich für das anstehende Fußballspiel im Radio vor. Fußball ist untrennbar mit dem Pott verbunden.

In den Gärten war irgendwo immer eine Grillparty. Fußballvereinsfahnen wehten im Wind.

So war es und so wird es immer sein. Und nun folgen sexy Kohlenpott-Geschichten mit „unser Manni". Denn hinter den Türen ging oft die Post ab!

Und hier ein kleiner Übersetzungsleitfaden für Nicht-Kohlenpottler:

jemandem auf die Pelle rücken = jemandem (zu) nah kommen

Tach auch! = Guten Tag!

Olle/n = Ehefrau

Oller/n = Ehemann

Blag/en = Kind

Maloche = Arbeit

Tschüsskes! = Tschüss!

Tschüssikowski! = Tschüss!

Et is am reechnen. = Es regnet gerade.

Bor, ich sach Sie dat! = Ich sag es Ihnen!

Plünnen = Sachen

ütt = aus

wie bei Hempels unterm Sofa = sehr unordentlich

Bissken = eine sehr kleine Menge von etwas

blässkes = blass

Käffken = Kaffee

Damit habbich nix anne Brause! = Damit hab ich nichts zu tun!

inne Puschen kommen = sich beeilen

Kumpel = heute: Freund, früher: Bergmann

Pütt = Bergwerk

Mottek = Hammer

Mattka = ältere dickliche Dame

vonne Socken sein = erstaunt sein

quisselig = sehr wählerisch beim Essen sein

Unter(ei)nander = Gericht, bei dem Gemüse und Kartoffeln miteinander vermengt werden

Pannas = ein Gericht aus Blutwurst

Palaver = lautes Getöse

Hier ist gleich Pannas am Schwenkmast! = Gleich gibt es Ärger!

Dubbel = Butterbrot

Bütterken = Butterbrot

aams = abends

Teller Mittach = ein Teller mit Resten vom Mittagessen

Mantaplatte = Currywurst mit Pommes

Manta = tolle Automarke aus Bochum/gesuchter Oldtimer, gerade der Manta A

Graf Koks vonne Gasanstalt = Bezeichnung für eine arrogante Person

Hein Dralle vonne Teerfabrik = Bezeichnung für jemanden, dessen Namen man nicht kennt

bis inne Puppen wach bleiben = sehr lange wach bleiben

auf Jöck gehen = ausgehen

sich einen schnasseln = sich betrinken

jemandem ein Kotlett anne Backe labern = jemanden etwas lang und breit erzählen

Schlürfen = umgangssprachlich für trinken

Pilsken = Pilsener Bier

Fisternölleken = Wacholder-Schnaps mit Würfelzucker drin

bölken = laut rufen, schreien

Hier is getz hängen im Schacht! = Jetzt ist Schluss!

Pommes mit Currywurst für Manni

Im Nord-Osten des Ruhrpotts liegt Rünthe, heute Bergkamen-Rünthe. Es ist der Übergang zum Münsterland. 1915 begann man in Rünthe mit der Kohleförderung. Berühmt ist die D-Zug-Siedlung. Nicht weit entfernt finden wir ebenfalls 6-Familiehäuser. In der Siedlung wurden auch in den 1970'er Jahren jeden Samstag Autos gewaschen. Hier standen Wagen vom Typ FORD und VW. Den Ruhrpott-Slang gab es hier nur noch abgeschwächt, aber der Rest war gleich.

In Hausnummer 7 wohnte Möppel mit ihrem Mann. Er arbeitete auf dem Pütt, sie war Hausfrau. Die Zweizimmer-Wohnung in der ersten Etage war ruck-zuck geputzt. Wie immer lag sie im Fenster und beobachtete, was ab ging. Ihre überreifen Melonen lagen prall auf dem Fensterbrett.

Hans kam vom Einkauf. „Hans, wo warste?", fragte Möppel. „Auf'm Markt. Kartoffeln und Obst geholt. Und Zigaretten natürlich.", antwortete er. „Willste ein Schnäpschen?" „Da sach ich nich nein, Möppel."

Wie üblich erwartete Möppel ihn im Kittel. Zwei Knöpfe geschlossen, der Rest nicht. Wenn sie einen Schritt machte, sah man ihre Muschi. „Komm‘, Hans, stoß‘ an." Zwei, drei Schnäpse zogen sie sich rein. „Hömma, Hans. Halt‘ mir mal die Leiter, ich will die Blumenvase vom Schrank holen, tuste das für mich?", fragte Möppel. „Klar, gerne.", sagte Hans. Möppel stieg auf die Leiter. Stufe für Stufe. Hans konnte immer mehr von ihrem strammen Hintern sehen. Hans hielt Möppel an den Beinen fest. Rutschte dabei langsam immer höher. Möppel ließ Hans gewähren, sie genoss es...

„Hach, tut das gut.", stöhnte Hans. Plötzlich schellte Helga an, Hans‘ bessere Hälfte. „Hans, unser Neffe, der Manni, ist zu Besuch gekommen, komm‘ rüber. Was machse hier überhaupt hier bei der Möppel?"

Im Wohnzimmer wartete Manni schon. Eifrig wurden alle Neuigkeiten ausgetauscht. „Bisse mit dem tollen Manta gekommen?, fragte Hans. „Jau, extra gewaschen für meine Lieblingstante.", antwortete Manni. „Habt ihr auch Kohldampf?, so Manni weiter. Sie dankten ab. „Na dann dreh‘ ich eine Runde durch

Rünthe und hol mir ne Pommes Schranke." „Mach das, Junge. Ich bereite schon mal das Gästebett vor", sagte die Tante.

Stolz fuhr Manni durch Rünthe und zeigte seinen blitzblank geputzten Manta. Vor der Frittenschmiede stoppte er: „Einen Schimanski-Teller!" „Watt is dat denn?", fragte Inge, die Besitzerin. So richtig auf dicke Hose gemacht, antwortete Manni: „Wi? Kennze nich? Mein Kumpel Schimanski kricht dann immer Pommes rot weiß mit ner Currywurst. Und ich krich sogar zweimal Pommes. Mach hinne, ich hab Schmacht." „Hömma, woher kennze denn den Schimanski?", fragte Horst, ein Gast. „Na guck mal auf mein Nummernschild", antwortete Manni. „Ja und? Was bedeutet **DU-S 70** denn schon?" „Boah ey, du kapierst wohl nix. Mit **DU–S 69** fährt der Kommissar Schimanski durch Duisburg. Ich war bei jedem Dreh dabei. Bin sozusagen sein Freund und Eingeweihter. Verstehste? Neulich gabs ne Prügellei im Film. Da issa ganz knapp neben mir auf den Boden geklatscht. Hab' ihm sofort aufgeholfen. Riefen se gleich „Klappe"!

Boah ey, war ich stolz." „Hier sind deine Pommes mit Currywurst, junger Mann", sagte Inge.

Nun ging es mit einer Extrarunde weiter zu Tante und Onkel.

Unten links im Erdgeschoss, mit der Hausnummer 7, wohnten Klausens. Beide tranken recht viel. Bereits um 11 Uhr waren sie dicht. Detlef legte sich dann oft auf den Balkon. Inge schwankte dann zum Briefkasten. Im Erdgeschoss rechts wohnte der Rentner Herbert Schmitz. Seine Frau ist schon über 10 Jahre nicht mehr bei ihm. Nicht tot, sie ist weggelaufen. Sie musste immer mit oben ohne rumlaufen. Sie hielt das geile Verhalten von Herbert nicht mehr aus. Bis zu 5 Mal musste sie herhalten. Bevor die Muschi ausleiert, verschwand sie über Nacht zu Horst, ihrem Schulfreund. Wie immer guckte Herbert durch seinen Türspion, wenn Inge zum Briefkasten ging. Ihr Mann schlief auf dem Balkon ja ein. Dieses Mal sah er, wie Inges weiter Rock sich in der zuknallenden Tür verfing. Es war schließlich Durchzug. Sie knöpfte den Rock auf und schlich leise in Slip und Bluse zum Briefkasten. Beim Zurückkommen öffnete Herbert schnell seine Tür, versperrte Inge den Weg und fotografierte sie mit seiner Polaroid-Sofortbildkamera. „Herbert, du Schwein, lass' das sein!", schrie sie. „Ja, ja, komm' rein, dann kriegste das Bild, bevor es dein Menne sieht.", sagte er dreist. Sie gingen in Herberts Wohnung. Eine riesige Wodka-Fahne verströmte Inge. Er schubste Inge auf seine Bettcouch und begann sofort ihre Beine zu streicheln. „Herbert! Lass' das!", sagte Inge. Inges „Herbert, lass' es" wurde immer leiser und leiser. Im Rausch ihres Höhepunkts merkte sie nicht, wie Herbert sie ablichtete. Je nach Lust und Bedürfnis holte Herbert so Inge in seine Wohnung. Wenn sie nicht wollte, dann würde er alles ihrem Mann zeigen. Natürlich wollte sie immer, denn mit ihrem Ollen war nichts los, was Sex anging, auch so, war nichts los mit ihm.

Aber auch die 2. Etage hatte es faustdick hinter den Ohren. Ilona und Peter wohnten rechts, Maggie und Klaus links. Es gab oft Party bei denen. Peter hatte seinen Keller auf Liebesoase getrimmt. Offiziell vor Ilona als Werkkeller deklariert. Den durfte Ilona natürlich nicht betreten, wegen ihrer Asthma-Anfälle und dem Staub. Gestern putzte Maggie den Flur, Klaus war noch in der Arbeit. Ilona war beim Einkaufen. Peter öffnete leise seine Tür und sah Maggie beim Putzen zu. Sie trug einen zu knöpfenden Lederrock und ein weißes Shirt. Sie bückte sich in Richtung Peter, so dass er ihren prallen Hintern betrachten konnte. Höschen? Fehlanzeige!

„Huch, Peter, was glotzte so auf meinen Arsch?", kreischte Maggie und drehte sich zu ihm. Bevor er ein Wort rausbrachte, sprang ihm Maggies Oberweite entgegen. Nippelalarm hoch 2. „Bevor du weiter an meinen Nippeln hängst, trage mir lieber diese Kiste in den Keller.", forderte Maggie. Das tat Peter auch gern, denn er hatte einen Plan. Er öffnete seine Kellertür und lockte Maggie hinein. Dann packte er sie von hinten und griff ihr unters Shirt. Stöhnend flüsterte Maggie: „Du Lüstling, ich wusste das."

Maggie und Peter taten sich Monate später zusammen und verließen Rünthe in Richtung Essen. Klaus und Ilona beschlossen ebenfalls zusammenzuziehen. Sie waren nicht etwa die Gelackmeierten, im Gegenteil. Immer wenn Ilona Wäsche auf dem Dachboden aufgehängt hatte, musste rein zufällig sich Klaus eine rauchen. Die Matratze auf dem Dachboden wurde zur weiteren Sex-Oase. Sie blieben aber im Haus wohnen. Sonst blieb über viele Jahre alles so, wie es eben war. Möppels Möpse liegen immer noch griffbereit auf der Fensterbank und Hans ist bereit, so wie immer.

Am zweiten Tag fuhr Manni wieder zurück nach Duisburg. Hin und wieder besucht er Tante und Onkel in Rünthe. Ihr fragt, wer Manni ist? Dann lest hier weiter:

<u>„Unser Manni" kann's nicht lassen!</u>

Manni wurde als junger Mann von seinen Freunden ständig gehänselt. Tja, es gab da ein Problem mit seinem Geschlechtsteil. Immer wieder wurde er auf seinen langen Penis und seine dicken Eier angesprochen. Er schämte sich irgendwann und zog nur noch weite Klamotten an.

Gerda, seine Freundin, ist natürlich begeistert von ihm. Ist doch klar Mensch, warum denn wohl? Kann sich doch jeder denken. Sonntags kommen die gar nicht mehr aus den Betten raus. Manni ist immer noch ein Träger der Addiletten, Jogginghosen, Goldkettchen und vom Mini-Plie. Gerda ist auch schon über fünfzig, sieht aber noch toll aus. Ihre blondierten Locken sind frech ins Gesicht gekämmt und ihre Brüste hochgeschoben, so macht sie Manni bekloppt. So springt der oder die eine auf den anderen an... iss so!

Es ist Samstagmorgen in Duisburg. Das Sechsfamilienhaus ist nicht gerade ruhig. Nebenan wohnt eine Witwe mit doppelt so großen Hupen wie die von der Gerda. „Ein geiles Weib", sagt Manni immer. Das darf nur Gerda nicht hören, dann kriegt der sofort einen Einlauf. „Boa, is dat en schäbbiget Wetter draußen, et is ja nur am reechnen. Ich geh ma ne Runde in Keller.", so Manni. „Nix da! Räum ma deine Plünnen auf, hier siehdet ütt wie bei Hempels unterm Sofa!", faucht die Gerda.

Manni und Gerda wohnen ganz unten, da beide etwas mit den Knien Probleme haben. Oben drüber, in der ersten Etage, wohnt ein Ehepaar. Sie ist ungefähr so alt wie Gerda.

Helga, so heißt sie, und ihr Oller ist der Helmut. Ein Pärchen wie Sonny und Klärchen. Die sind 30 Jahre verheiratet. Blagen haben sie keine und laufen immer noch Händchenhaltend über die Straße.

Sieht schon echt komisch aus, wenn Helga und Helmut losziehen. Aber wo die Liebe eben hinfällt. Dann ist da noch der ewige Junggeselle Horst. Alle sagen Hotte zu ihm. Hotte ist schon lange arbeitslos. Leider trinkt er sich häufig einen und er ist froh, wenn er seine Ruhe hat. Aber viel wichtiger für Manni und Gerda ist, dass er ein lieber Mensch ist und ein Kumpel. Wenn mal gestritten wird im Haus, ist Hotte schnell da und will schlichten. Streit gibt es in so einem großen Haus öfter mal. Ganz oben wohnt noch das ungekrönte Königspaar der hiesigen Dampfbierbrauerei. Die glauben tatsächlich, wenn sie nüchtern sind, im Delirium zu sein. Den ganzen Tag liegen die auf dem Sofa rum, und wenn die Stütze mal nicht rechtzeitig da ist, muss Manni dran glauben. Passt ihm eigentlich nicht, aber er will ja kein Unmensch sein. Susi Bertram, die Nachbarin, ging vor ein paar Tagen in den Keller um ihren Müll in die Tonne zu stampfen.

Ausgerechnet immer wenn Manni auch unten ist, dieses Luder.

Beim Müllstampfen sind ihr letztens bald die Brüste in die Tonne gefallen. Manni musste laut lachen. „Manni, du Schwein!", schrie sie. Davon ist Gerda aufmerksam geworden und rannte nach unten. „Wat ist denn hier los, braucht einer Hilfe?", rief sie. Als sie Manni nicht nur an den Aschentonnen rumfingern sah, war es natürlich mit der Nächstenliebe vorbei. Ist doch auch irgendwie klar, oder? Manni bekam sofort eine gelatscht von Gerda. Sie zog ihn an seiner Jacke nach oben. „Du weißt doch ganz genau, dass dieses Frauenzimmer es auf Männer abgesehen hat, warum bist du nicht sofort rauf gekommen?", schrie sie Manni an. Der stotterte nur rum und hatte keine andere Ausrede, als zu sagen, dass er für Weihnachten Holzfiguren im Keller schnitzen wollte. Da ist er bei Gerda gerade an der richtigen Adresse. Ausgerechnet Gerda sollte diese Kacke glauben.

Na ja, jedenfalls hatte Susi ein Auge auf Manni geschmissen und immer konnte Gerda auch nicht hinter ihm her laufen. Und diese Mal war es dann auch soweit. Susi ging einen Schritt weiter. Sie trug einen recht knappen Kittel. Mit drei Druckknöpfen hielt er irgendwie zusammen, was eigentlich raus wollte. Sie leerte ihren Mülleimer und ging langsam wieder ins Haus. Natürlich beobachtete Mann sie. Beide trafen sich im Hausflur. „Manni, dich schicken die Engel." „Wat gibbet?", fragt Manni. „Willze mir mal im Keller eben helfen?" Manni schaute nur auf Susis Titten. Der dünne Stoff ließ alles durchblicken. Susi stellte ein Bein auf die Stufe und schwupp öffnete sich der untere Druckknopf. Bei Manni rührte sich etwas in der Hose. Beide gingen in den Keller...

Am Samstag treffen sich alle Hausbewohner oft bei Rudi im Himmelstörchen. Da geht richtig die Post ab. Rudi hat immer die neuste Musik, aber auch Oldies. Neulich hatte er eine alte Musikbox ersteigert. Das war natürlich das Tüpfelchen auf dem i.

Dieser Samstag wird sowieso den Hausbewohnern lange in Erinnerung bleiben. Das heißt nur bei denen, die nicht so viel Fusel kippen würden. Es war acht Uhr, Rudi hatte für tolle Stimmung gesorgt mit seiner Musik und eine neue Kellnerin eingestellt. Die Leni hatte das Handtuch geschmissen, weil ihr die Kerle ewig an die Brüste gefasst haben. Kann man gut verstehen. Camilla ist die neue Bedienung hinter der Theke. Ein Bergepanzer von Frau. Wenn man überhaupt Frau sagen kann. Wenn die läuft, fehlt einfach die Grazie und Eleganz. Sie stampft dermaßen beim Laufen, dass die Ratten im Keller Angst kriegen. Na ja, aber wer denkt schon an die Ratten, jeder schaut nur auf die gewaltigen Fußbälle, die Camilla mit rumtrug. Und dazu ein Ausschnitt bis zum Bauchnabel. Erst einmal verteilte sie Frikadellen. Im Vergleich waren die zu ihren Brüsten wie der Mond zur Sonne. „Hömma, wenne dat probieren tus, dann bisse vonne Socken! Da kannze noch so quisselig sein, dat mach jeder!", rief Camilla in den Raum.

Nun ja, sie war trotzdem Okay, hatte alles bestens im Griff, auch hin und wieder Mannis Geschlechtsteil. Unauffällig, ist ja klar. Quasi unterm Ladentisch. Wenn Manni an der Theke steht, geht sie immer so nah an ihm vorbei, dass es nicht auffällt wenn sie mal kurz zwischen Tablett und Pilz-Glas zugreift. Jedenfalls dieser Samstag fing schon klasse an, mit Musik, toller

Atmosphäre und den leckeren Frikadellen auf den Tischen und natürlich mit Käsebrötchen. Das Bier ist stets gut gekühlt und mit einer tollen Krone versehen.

Plötzlich ging das Himmelstor auf und ein Engel kommt herein. Susi, wie sie leibt und lebt. Sie ist noch recht jung und sowas von attraktiv, dass sie selbst die treuesten Ehemänner unter ihre Fittiche nehmen konnte. Nun, das wissen wir ja bereits. Gerda und Manni saßen so ziemlich auf dem Präsentierteller, hatten alles im Blick. Gerade Manni. „Wat glotzt du diese Kuh eigentlich so an?", fragte Gerda ihren Ollen. „Ach", sagte Manni, „draußen ging gerade ein alter Schulfreund vorbei." „Boah ey, du Sack, dass soll ich dir jetzt glauben oder wat? Du guckst doch nur der Susi wieder aufe Titten.", antwortete Gerda. „Damit habbich nix anne Brause!", verteidigte sich Manni. Rudi merkte, dass etwas dicke Luft bei den beiden war und drückte sofort an seiner tollen Musikbox Mannis und Gerdas Lieblingssongs.

Sie begannen zu tanzen. Dann folgten ihnen die anderen auf die Tanzfläche. Wie immer nutzte Manni die Gelegenheit, um bei seiner Angebeteten auf Tuchfühlung zu gehen.

Susi saß ganz alleine an der Theke und nuckelte an einem Longdrink herum. Sie klagte Rudi ihr Leid. „Mein Freund hat mich verlassen, weil ich keine Lust hatte, drei Mal am Tag die Matratzen zu testen." „Das ist richtig Susi, haste gut gemacht, der Sauknochen hat das nicht anders verdient.", meinte der Wirt.

Gerda musste auf die Toilette und Manni nutzte die Gelegenheit, Susi zum Tänzchen aufzufordern. Ihr kleiner runder Hintern passte genau in seine Riesenpranken. Und sein spezielles Geschlechtsteil bekam Susi deutlich zu spüren. Von oben blickte er tief auf Susis Brüste. Wieder spannte alles... Susis Bluse und Mannis Hose. Schwupp, schon war der obere Knopf auf... eine wilde Drehung beim Tanz und schon blinzelten die harten Nippel heraus. Doch Manni hatte die Rechnung ohne den Wirt gemacht.

Gerda stürmte auf die Tanzfläche und scheuerte Manni eine. Jedenfalls wollte sie seine Backe treffen und verlor das Gleichgewicht. Sie hatte auch schon ordentlich getrunken. Gerda kann das sehr schnell. Sie verträgt eben nicht viel. Es gab einen ordentlichen Bums und Gerdachen lag bäuchlings mitten auf der Tanzfläche. „Was machst du denn am Boden Gerda, suchste nach Staubmilben?", rief Hotte aus der hintersten Ecke. Hotte sitzt lieber etwas abseits, weil er eben seine Ruhe haben will. Doch an dem Samstag ging es leider nicht, denn alle hatten irgendwie einen Schuss. Die Kellnerin war scharf auf Manni.

Manni war scharf auf Susi. Gerda hatte bald die Schnauze voll und wollte nach Hause. „Wir nehmen dich mit, Gerda.", sagte das nette Ehepaar aus der ersten Etage. Auch sie sind oft an den Samstagen bei Rudi. „Ruhe Leute, jetzt will ich euch mal was verklickern.", rief der Wirt. „Ich habe eine Überraschung für euch.", fügte er hinzu. Und wenn Rudi was versprach, dann hielt er es auch. Rudi hatte Gunther Miguel arrangiert. Die Kohle dafür holte der locker wieder rein. Rudi hat immer einen tollen Umsatz.

Das Himmelstor öffnete sich und Gunther Miguel betrat die Kneipe. Mit seiner Gitarre unterm Arm nahm er am Tresen Platz. „Ihr kennt mich ja alle schon aus'm Fernsehen.", sagte Gunther. „Nun bin ich heute bei euch und will mit allen einen tollen Abend verleben. Dabei spiele ich alte und neue Hits von mir.", fügte er hinzu. Manni und Gerda waren natürlich die ersten, die sich um den Sänger herum gesellten. Dann nahm Susi neben Gunther Platz.

Hotte blieb wie immer etwas im Abseits sitzen und Helga und Helmut setzten sich auch ziemlich nah an den Sänger. Rudi regelte die Helligkeit im Raum mit dem Dimmer herunter. Eine angenehme Atmosphäre verbreitete sich in der Kneipe. Rudi, der Wirt, schmiss direkt eine Runde für alle und nun legte Miguel los. Mit seiner warmen, sentimentalen Stimme, trällerte er seine Hits von damals. Dazu spielte er auf seiner Gitarre. Die Paare umarmten sich, tanzten oder rückten dem Sänger immer näher auf den Pelz. In Rudis Eckkneipe war ordentlich was los. Es war schon Mitternacht vorbei. Rudi schloss vorsichtshalber schon mal ab, damit niemand mehr rein konnte. Die Stimmung war bombastisch.

Doch was war das denn? Manni hatte seinen rechten Arm auf Susis Po gelegt, in der Hoffnung, Gerda würde nichts merken. Doch sie merkte alles. Plötzlich war es mit der ruhigen Stimmung vorbei. „Du Schwein nutzt aber auch jede Gelegenheit um anderen Weibern an die Kurven zu grabschen, wat?", schrie Gerda ihren Ollen an. Manni tat natürlich so, als wenn er nichts gehört hätte. Schnell zog er seine Hand zurück und schaute Gerda mit seinen braunen Augen traurig an.

Natürlich wusste Manni, dass er Gerda mit seinem Blick immer wieder um den Finger wickeln konnte. Sie beruhigte sich schnell wieder, weil sie genau wusste, dass Manni sie liebte. „Dat wird' ich diesem Kerl noch abgewöhnen.", dachte sie. Gunther Miguel sang noch einige Lieder und alles beruhigte sich wieder. Bis morgens um vier feierten sie mit Tanz und Gesang bei Rudi, in der Kneipe umme Ecke.

Der Sonntag war wie so oft, ein Tag an dem sich ausgeruht wurde. Gerda stand mit ihrem Verführer gegen Mittag erst auf. Gemütlich wurde gefrühstückt.

Dann schellte es Sturm. Bodo und Lotte stehen vor der Tür. „Tach auch! Wat is denn los.", sagte Manni genervt. „Wir waren gestern Abend noch bei Klausi im Turm-Eck. Der hatte die Kneipe bis eben geöffnet. Jetzt kommen wir nicht rein, weil Lotte den Schlüssel verloren hat", jammerte Bodo.

„Dat ihr euch auch immer den Fusel so rein kippen müsst... Mensch.", meckerte Gerda. Jedenfalls, auch wenn es schwer viel, stapfte Manni in seiner ausgebeulten Jogginghose, Werkzeug unter dem Arm, nach oben. Er fingerte und fingerte herum, aber die Tür ging nicht auf. „Wenn ihr den Schlüssel von innen habt stecken lassen, kann ich euch nicht helfen.", meinte der Ruhrpott Rocker. „Ne, ne, hamwa nich, Manni.", sagte Bodo. Gerda hatte eine Idee. Sie kam rauf und gab ihrem besten Stück eine alte Kontokarte von sich. „Mach mal, komma inne Puschen, du weißt ja, wie dat geht.", sagte sie zu Manni.

Schließlich bekamen sie die Tür auf. Bodo und Lotte bedankten sich und wollten am bevorstehenden Wochenende bei sich in der Wohnung einen kleinen Umtrunk stattfinden lassen. „Ihr seid herzlich eingeladen.", sagte Bodo zu Manni. Jedenfalls bedankten sich beide noch einmal. Gerda und ihre bessere Hälfte gingen die Treppe hinunter und wollten gerade in ihre Wohnung gehen. Nebenan ging die Tür auf und Susi stand nackt im Rahmen.

„Wat soll die Scheiße denn, Susi?", schimpfte Gerda. „Ach, ich dachte du wärst bei der Omma, Gerda.", stotterte sie herum. „Jetzt weiß ich endlich mal, wo hier der Hase langläuft.", schrie Gerda sie an.

„Susi, wat is denn da unten los, brauchst du Hilfe, Kleines?", rief Hotte von oben. „Ne, schon gut Hotte, aber wenn du mal nach meiner Heizung schauen könntest, wär ich dir dankbar.", sagte sie. „Das hab ich doch geahnt, die versaut das ganze Haus hier." Susi schlug die Tür zu.

Das Manni kein Unschuldslamm war, wusste Gerda. Trotzdem liebte sie ihren Rocker mit den dicken Eiern.

Sie wusste auch, dass Manni nie weiter gehen würde, als die jungen Dinger mal an den Hintern zu packen oder mal in die Brüste zu kneifen. Dachte sie zumindest, na wenn die wüsste. Andere Frauen würden dann wohl abhauen, doch was sollte Gerda denn machen. Obwohl sie eigentlich für ihr Alter noch recht gut aussah, doch wen sollte sie noch kennenlernen?

Manni liebte sie so, wie sie war. Aber Gerda liebte Manni auch so, wie er war. Oft könnte sie sich über seine Dauerwelle aufregen, die überhaupt nicht mehr modern war oder über seine Schlappen. Das tat sie aber nicht. Jedenfalls hatten sie an diesem Sonntagnachmittag vor ins Kino zu gehen. Gerda zog ihren kürzesten Rock an und ein Oberteil, welches fast ihren kompletten Oberkörper frei gab. Ein Höschen zog sie nicht an. Eigentlich genau wie Manni es liebte. Mannis Erscheinungsbild hatte sich von den Achtziger-Jahren bis heute nicht geändert. Lediglich hatte er noch dickere Eier bekommen.

Nur hatte Gerda nicht damit gerechnet, dass Susi, von neben an, auch die Idee hatte, in den gleichen Film zu gehen. Oder sollte Manni etwa… ? Nein, nein, diesen

Gedanken verwarf sie sofort wieder. Nicht ihr Manni. Die Vorstellung begann pünktlich um Neun. Susi saß ziemlich in der Mitte, aber Gerda sah sie nicht. Noch nicht einmal, als Manni sich neben sie setzte. Also links neben ihm saß Susi und rechts Gerda. Da Gerda im Halbdunkel nicht mehr gut sehen konnte, erkannte sie Susi auch nicht.

Das Licht ging aus, nur die Leinwand war zu sehen. Man hörte nichts mehr im Kinosaal, außer hier und da Popcorn, welches knackend verzehrt wurde. Oder einer hustete. Jetzt ging komplett das Licht aus und der Vorspann des Filmes lief ab. Gerda bemerkte immer noch nicht, dass Susi links neben Manni saß. Dass die beiden sich am Vortag verabredeten, vermutete Gerda erst recht nicht. Wenn sie es gewusst hätte, könnte Manni sich die Radieschen von unten ansehen. Ganz bestimmt.

Susi verhielt sich ziemlich ruhig und rutschte in dem Kinosessel weiter nach unten. Ihr Mini-Rock rutschte dabei nach oben. Sie hatte Angst, von Gerda blöd angemacht zu werden. Wenn die mal erst loslegte, dann würden Susi garantiert ein paar Zähne fehlen.

„Geil, wie sie wieder aussieht.", dachte Manni, dieser Rockerlüstling. Susi hatte einen BH an, der ihr gesamtes Brustvolumen freilegte. Plötzlich rutschte ihre Hand auf Mannis verbeulte Trainingshose. Schnell hatte dieses Luder gefunden wonach sie suchte. War ja auch irgendwie nicht schwer. Gerda merkte immer noch nichts. Sie kaute erwartungsvoll ihr Popcorn. Manni war auch nicht gerade aus der Klosterschule gekommen, sondern griff voll unter Susis Minirock.

Der Film lief und alle schauten gespannt auf die Leinwand. Plötzlich griff jemand, der hinter Gerda saß, ihr von hinten an die Brüste. Gerda schrie laut auf: „Du altes Schwein! Mensch, wo bin ich hier eigentlich gelandet?"

Jetzt wurde Manni aufmerksam. Auch wenn er bei Susi zugange war, hatte keiner seine Perle anzufassen. Manni drehte sich um und schrie diesen Typen an: „Jetzt will ich dir mal wat sagen, du Waldheini. Wenn du noch mal deine Dreckspfoten an meine Ollen klebst, dann hau' ich dir wat aufs Maul." Der Grabscher verkroch sich in seinen Sessel und sagte keinen Ton. Zu rechtfertigen gab es da ja auch nichts. Bei dieser Gelegenheit entdeckte Gerda Susi neben Manni. „Wat ist denn hier los?", sagte sie aufgeregt. „Konnte ich mir ja denken, dass du auch hier bist.", schrie Gerda hysterisch. Susi sagte noch ganz sexuell gereizt: „Und wie iset sons so, Gerda?" „Boa, hör mir auf, Susi!" Manni versuchte die Frauen wieder auf Kurs zu bringen. Er holte für alle eine große Tüte Popcorn und schon änderte sich die Stimmung.

Manni riss sich bis zum Ende des Films zusammen. Er wollte eigentlich mit Gerda keinen Streit, aber wenn er so gereizt wird, kann er einfach seine Finger nicht bei sich behalten. Und doch kam Manni wieder auf Kurs.

Der Film war zu Ende und Gerda stand auf. Sie bückte sich derart tief beim Ergreifen ihrer Handtasche, dass ihr Arsch voll sichtbar war. Manni lenkte sie auf die Kinotoilette und die Post ging ab.

Nun ja, wir wollen jetzt über die anstehende Hausparty reden. Manni hat in ein paar Tagen Geburtstag. Er ist noch ein toller Typ, dem man das Alter nicht ansehen kann.

Extra für diesen Tag hat er sich von Gerda die Dauerwelle erneuern lassen. Seine Klamotten hat sie nur in die Maschine geschmissen und wieder getrocknet. Obwohl Mannis Jogginghose schon an diversen Stellen durchgescheuert ist, will er sie auf keinen Fall durch eine andere ersetzen. Das würde zu einem waschechten Ruhrpott-Rocker, wie Manni einer ist, nicht passen. Jedenfalls fiel sein Geburtstag genau ins Wochenende. Besser ging es nicht. Und eingeladen haben Manni und Gerda alle Hausbewohner.

Als der Samstag endlich da war, überschlug sich natürlich alles. Gerda schmückte die Wohnung und machte ihren besten Kartoffelsalat. Zwei kalte Platten mit gefüllten Eiern und viele andere leckere Sachen. „So Gerda, ich hau' noch mal schnell ab zu Aldi, Getränke holen.", sagte Manni. „Ist gut Schatz, mach' mal, ich komm' schon hier klar.", antwortete Gerda. „Haste noch nen Wunsch, Schätzchen?", fragte Manni. „Ach, dann bring' doch noch Eierlikör mit, der von Aldi is besonders lecker!", rief sie Manni hinterher.

Als Manni die Wohnungstür öffnete, hatte Susi von nebenan auch ihre Tür auf. Aber nicht nur ihre Tür. Die Bluse, die sie trug, war wohl in der letzten Wäsche zwei Nummern eingelaufen. Jedenfalls passten ihre Superhupen nicht richtig rein.

Mit dem gekrümmten Zeigefinger, animierte sie Manni doch mal kurz rein zu kommen. Manni ließ sich diese Aufforderung doch nicht zwei Mal sagen. Aldi hatte ja noch lange auf, da konnte er ja noch mal schnell Susis Bettgestell verschrauben...

Gerda hatte noch genug mit den Vorbereitungen zu tun. Die würde bestimmt nichts merken, dachte der Ruhrpott Hallodri. Nach einer guten Stunde klingelte sein Handy. Gerda rief an: „Wo bleibst du denn? Oder müssen die bei Aldi noch den Fusel in die Flaschen füllen? Jetzt mach mal hinne, komma inne Puschen!"

„Du kannst dir nicht vorstellen wie voll dat heute hier ist, Gerda. Die kaufen alle, als wenns morgen nix mehr geben würde. Ich werde mich beeilen.", antwortete der Schlawiner.

Manni horchte hinter Susis Tür. Drüben lief die Dusche, dass konnte man hören. Nun nutzte Manni die Gelegenheit und haute ab. „Mensch, dat is ja noch mal gut gegangen.", dachte er.

Eine halbe Stunde später kam Manni zurück in das Duisburger 6-Familien-Haus. Eine Wohnung steht übrigens schon etwas länger leer. Ist doch klar. Wer zieht schon gerne in eine Messie-Wohnung ein. Obwohl die Räume toll in Schuss gebracht wurden, roch es immer noch modrig. Doch Manni war das alles egal, Hauptsache er und Gerda hatten ihre Ruhe. Leise drehte er den Schlüssel von seiner Wohnungstür herum. Eine gespenstische Stille umgab ihn. Er schob die Tür auf und erschrak als Gerda ihn überraschte, in dem sie sagte: „Erwischt, wat?" „Ne Gerda, warum denn, ich kann doch nix dafür, wenn die bei Aldi so lahmarschig sind.", sagte Manni.

Die Wohnung sah Spitze aus. Alles war für den abendlichen Besuch vorbereitet. Da standen Gläser auf dem Wohnzimmertisch. In der Christallschale von Oma war fein säuberlich Knabberzeug angerichtet. Dann der Käse-Igel, der bei Manni und Gerda erst recht nicht aus der Mode kommt. Gegen sieben Uhr klingelten die ersten Gäste.

Bodo und Lotte, von ganz oben, standen mit einer Flasche Maria vor der Tür. „Mensch, kommt rein, danke dafür und macht es euch schon mal bequem.", sagte Gerda. „Manni ist noch im Bad und legt sich seine Frisur zurecht.", fügte sie noch hinzu. „Boah ey Gerda, dat hast du aber alles ganz toll dekoriert.", sagte Bodo mit einem Auge auf die Flasche Schnaps schielend, die auf dem Tisch stand. Wieder ging die Schelle und Hotte stand draußen.

„Kann ich reinkommen oder bin ich zu früh?", fragte der Junggeselle. „Leider hab' ich nur ein paar Blümkes für Manni, ich hoffe er freut sich trotzdem.", sagte Hotte. In diesem Moment kam Manni aus dem Badezimmer. Frisch gestriegelt und mit Aldi-Shave eingerieben, fühlte er sich wie der King von Duisburg. Er sagte: „Hotte, komm' rein und quatsch' nicht rum, mach' es dir bequem." Langsam trudelten die anderen auch ein. Helga und Helmut gaben einen selbstgebackenen Kuchen ab. Das wollte sich Helga nicht nehmen lassen. Sie brauchte einfach die Bewunderung ihrer Backkünste. Zum Schluss stöckelte Susi in die gute Stube von Manni und Gerda. Minirock bis unter die Arschbacken und ihre Brüste hatten irgendwie ein Problem in der Bluse zu bleiben.

Susi hatte überhaupt kein schlechtes Gewissen Gerda gegenüber. Obwohl sie doch noch ein paar Stunden vorher mit Manni die Löcher in ihrer Matratze gestopft hatte. „Hallo Susi, komm' rein und setz' dich einfach irgendwo hin. Übrigens lange nicht gesehen, oder?", meinte der Ganove Manni. Lügen konnte er sehr gut, wenn es darum ging seine eigene Haut zu retten. Doch Gerda schaute ihn streng von der Seite an. Wenn Blicke töten könnten, wäre Manni jetzt umgefallen. Die Party fing an, alle waren gut gelaunt und der Fusel floss in Strömen. Hotte der ewige Junggeselle verkroch sich wie immer in die äußerste Ecke. Aber er saß so, dass er noch gut die anderen beobachten konnte. Für den heutigen Tag hatte Gerda den Gelsenkirchener Barock auf Hochglanz poliert und passte höllisch auf, dass keiner mit seinen Fettfingern darauf packte. Mannis Lieblingsschlager liefen und der Ruhrpott-Rocker war in seinem Element. Er forderte Lotte, die ganz oben wohnte, zum Tänzchen auf. Alle waren ungefähr im gleichen Alter. Außer Susi natürlich. Sie war die jüngste und attraktivste Frau von allen. Lotte hatte sich extra für Mannis Geburtstagsparty neue Schuhe gekauft. Der Absatz hatte eine schwindelerregende Höhe. Da Lotte etwas rundlich war und auch ihre Beine nicht sonderlich schlank waren, hatte sie Schwierigkeiten zu laufen. Erschwerend kam noch hinzu, dass sie schon angesäuselt war. Aber Manni machte das nichts aus.

Er packte sich Lotte und schleuderte sie elegant, ihre Taille umfassend, über das frisch verlegte Laminat aus dem Baumarkt. Immer höher schob sich ihr zu enger Rock und die Brüste wackelten hin und her. Jetzt fühlte sich natürlich auch Bodo verpflichtet, Gerda aufzufordern. Ein langsames Stück lief.

Bodo war sehr dünn und hatte keinen Arsch in der Hose. Doch er tanzte aber wie John Travolta. Gerda war hin und weg. Sie schmiegte sich immer enger an Bodo und bemerkte seinen Ständer. Bodo blickte direkt auf Gerdas Hupen. Trotz des BH's sah er ihre gereizten Nippel. Die waren schon echt geil. Manni sah das und funkte dazwischen.

„Jetzt hör' mal Bodo, du sollst Gerda nicht auspressen, sondern im Einklang mit der Musik tanzen.", meckerte Manni. Gut, dass er und seine Gerda am Morgen noch Möbel auf den Speicher gestellt hatten. Platz zum Tanzen wäre sonst nicht da gewesen. Helga und Helmut waren beide sehr durchtrainiert, da sie drei Mal in der Woche einen Sportverein besuchten. Sie legten eine Sohle aufs Parkett, sodass dem anderen der Atem stillstand.

„Hotte, komm' her, schotte dich nicht immer so ab!",
rief Gerda. Doch sie hatte keinen Erfolg. Außerdem
war Hotte schon so abgefüllt, dass er ohnehin nicht
mehr laufen konnte. Alle Gäste hatten einen
Riesenspaß. Es wurden Witze erzählt und das Essen
ging weg wie nichts. Sogar der gute alte Käse-Igel
fand seine Anhänger. Doch wie das eben in feucht-
fröhlichen Gesellschaften so ist, kippte auch hier die
Moral. Da Manni auch schon einiges inne hatte,
taumelte er zu Susi herüber. Susi saß alleine auf dem
riesigen Sofa, welches Manni und Gerda von Mannis
Tante Klara geerbt hatten. War zwar aus den
Fünfzigern, aber saubequem. Jedenfalls konnte sich
der Ruhrpott-Hallodri nicht mehr gerade halten und
viel genau auf Susi drauf. Susi konnte sich nicht
wehren, da Manni sehr schwer war. Wie diese Szene
aussah, kann man sich ja denken. Ungeniert griff der
Ganove bei dieser Gelegenheit Susis Brüste, oder
sollte man besser sagen, ihre herausgequetschten
Ballons? Als Gerda das Specktakel sah, griff sie sich
den Käse-Igel vom Tisch. Sie nahm Anlauf und
klatschte ihn ihrem Früchtchen Manni ins Gesicht. „Ihr
habt doch wohl den Knall nicht gehört, kaum dreht man

sich um, da macht ihr schon wieder die größte Scheiße.", fauchte Gerda. Sie beruhigte sich erst wieder, nachdem Manni ihr den Sachverhalt erklärt hatte. Er wäre nur gestolpert. Kurze Zeit später löste sich langsam die Gesellschaft auf. Alle hatten mehr als genug getrunken und konnten sich nicht mehr auf den Beinen halten. „Tschüsskes!", riefen alle.

Ohne ein Wort miteinander zu reden, legten sich Manni und Gerda ins Bett und schliefen auch recht schnell ein. Am Sonntagmorgen mussten beide erst mal in ihrer Duisburger Parterrewohnung klar Schiff machen. So eine Party hinterlässt oft gewaltige Spuren. „Ne Manni, vorläufig hab ich die Schnauze voll mit deinen ewigen Partys.", wetterte Gerda. „Wenn du dich wenigstens benehmen könntest und nicht ständig deine Pfoten nach Susi ausstrecken würdest.", sagte Gerda etwas traurig. „Ach Gerdachen, das musste nicht so eng sehen.", meinte Manni. „Du weißt doch, dass nur du meine große Liebe bist.", säuselte er ihr ins Ohr.

Am Montag kamen dann, wie vorher mit den Mietern besprochen, die Handwerker. Die alte Heizanlage sollte in Gas-Etagen-Heizung umgewandelt werden. Dazu mussten neue Kupferrohre vom Keller in die Wohnungen verlegt werden. Jedenfalls eine Arbeit für einige Wochen, an der die Hausbewohner noch ihre helle Freude haben sollten. Alles wurde in den Hausflur geschleppt. Rohre, Zangen, Lötgeräte und Werkzeug. Ausgerechnet an diesem Morgen viel Susi, von Parterre, ein, den Hausflur zu putzen. Oder wollte sie aus einem bestimmten Grund den Putzlappen schwingen? Wir wissen ja alle Bescheid.

„Aber junge Frau, das hat doch keinen Sinn was sie da machen.", sagte der Boss der Firma, Herr Becker. Susi bückte sich so dreist, dass Becker ihr genau unter den Rock schauen konnte. Nun ja, unsere Susi hatte eben nichts Besseres zu tun, als die Männerwelt ständig aus dem Konzept zu bringen. Susi ist dauerarbeitslos. So richtig Lust hat sie eigentlich nur für bestimmte Dinge. Ihr letzter Freund hatte sich von ihr getrennt, weil er angeblich nicht das bekam, was er haben wollte. Wer es glaubt wird selig. Es wird wohl eher so sein, dass er weggelaufen ist, weil Susi immer wollte. An diesem Morgen trug sie wieder kein

Höschen unter ihrem Minirock, welcher nur aus einem Hauch von Stoff bestand. Herr Becker, Inhaber der Firma, hatte den vollen Einblick auf ihren süßen Hintern. Schnell wendete er wieder seinen Blick von Susi ab, denn er war verheiratet, glücklich verheiratet. Das wollte er auf keinen Fall aufs Spiel setzten. Vier Gas- und Wasserinstallateure gehörten zu seinen Angestellten. Becker hatte die Jungs gut im Griff. Sie waren alle noch recht jung und mussten noch oft in die Schranken verwiesen werden. Es war in der Mittagszeit und Manni verließ gerade seine Wohnung. Er wollte kurz zur Bank seine Rente abholen und anschließend für Gerda was Schönes besorgen. Sozusagen als Wiedergutmachung für den gestrigen Abend. Einige Handwerker waren im Hausflur beschäftigt. Einer rief Manni zu: „Hast dich wohl in der Jahreszahl vertan, Lockenkopf, wir haben 2007." Manni konnte sich erst keinen Reim darauf machen. Im Denken war er sowieso etwas langsamer als die anderen. „Musste jetzt deinen Manta polieren? Ha, ha, ha!", rief wieder jemand. Das Einzige, was Manni darauf antwortete war: „Rutscht mir doch alle mal den Buckel herunter, ihr Pannemänner."

Er ging hinaus und knallte wütend die Haustür zu. Im Weggehen hörte er sie noch lachen. In der Bank wurde er auch nicht gerade freundlich empfangen. Die Bankangestellten hatten ihn schon von seiner schlimmsten Seite kennengelernt. Mit Mannis Art kommt auch nicht jeder klar. Zum Beispiel seine Klamotten, die er trägt. Nicht alle können sich damit anfreunden. Dann seine Zahnlücke vorne. Hätte er sich eigentlich längst machen lassen können. Aber er verpennt, seitdem er mit Gerda zusammen ist, jeden Termin. Jedenfalls wollte er an diesem tollen Montagmorgen seine Rente abholen.

Gerdas Rente ging auf ein anderes Konto. Das wollte sie nicht so gerne. „Aber ihre Rente ist noch nicht eingegangen, da müssen sie noch mal wiederkommen.", sagte der Bankangestellte. „Wat, ich soll wiederkommen?", schnauzte der Ruhr-Pott-Rocker. „Sie haben wohl zu lange im Sonnenstudio gelegen?", zischte er den Angestellten an. Da sie alle Manni kannten und niemand Lust hatte sich mit ihm anzulegen, schaute der Bänker in sein Konto. Nach einer Weile, sagte er zu Manni: „Na gut, ich bewillige ihnen ausnahmsweise 100 Euro. Aber ich kann ihnen jetzt schon sagen, dass dies wirklich eine Ausnahme ist, die sich nicht wiederholen wird." Manni bedankte sich und war froh wenigstens für seine Gerda zwei Kinokarten und einen dicken Blumenstrauß besorgen zu können.

Als er zu Hause ankam, trat er direkt in einen Haufen Schutt und Kalk. „Verflucht, nimmt die Scheiße denn heute kein Ende?", wetterte Manni. „Für heute hab' ich aber die Schnauze voll, keiner kriegt mich heute aus meiner Wohnung." Kaum dachten sie ihre Ruhe zu haben, da klingelte es an der Tür. Ein Handwerker verkündete freudestrahlend, dass das Wasser und der Strom für eine Stunde abgestellt würde. Manni bekam einen Wutausbruch vom Feinsten. „Wat denkt ihr euch eigentlich, soll ich meine Scheiße aus dem Trichter blasen, oder wie?", schimpfte er. Der Handwerker machte ihm den Vorschlag, sich doch dann beim Vermieter zu beschweren. Hotte kam von oben herunter, weil er viele Fragen an Herrn Berger hatte. Es ging dabei um das neue Heizsystem.

Plötzlich rutschte er auf der Treppe aus und konnte nicht mehr aufstehen. Kein Wunder mit diesen Leisetretern, die er immer trug. Er stöhnte vor Schmerzen. Helmut, sein Nachbar, fackelte nicht lange und rief sofort einen Krankenwagen an. Dieser nahm Hotte zum Röntgen mit in die Notaufnahme. Man stellte einen Sprunggelenkbruch fest. Hotte musste sofort da bleiben. Für eine Woche mussten sich nun seine Freunde aus dem Haus um seine Wohnung und um seinen Hasen kümmern. Sie brachten ihm alles was er brauchte. Besonders freute sich Hotte, als Susi ihn besuchen kam. Wieder einmal war sie für die Jahreszeit etwas zu frisch angezogen. Ihre Bluse war recht kurz und offen wie immer. Sie beugte sich über Hotte, weil sie ihn begrüßen wollte. In diesem Augenblick, schwappte ihre Brust heraus, direkt in sein Gesicht. Wie peinlich war das denn? Schnell steckte sie ihre Brust wieder in die Bluse und entschuldigte sich. Ob sie es wirklich nicht mit Absicht getan hatte? Hotte nutzte die Gelegenheit und bat Susi die auf dem Regal stehende Sprudel-Flasche herunter zu nehmen. Susi reckte sich und schwupp schob sich die Bluse nach oben. Jetzt waren ihre

Brüste von unten sichtbar. Hotte griff zu. „Huch, du Schwerenöter. Das kenn' ich ja gar nicht von dir.", hauchte Susi. „Soll ich dich mit der Hand befriedigen?" Gesagt, getan. Sie griff unter die Decke und begann Hotte zu befriedigen. Hotte massierte dabei ihre Brüste.

Jedenfalls ging das Leben in dem Duisburger Mietshaus irgendwie weiter.

Gerda musste zum Frauenarzt. Vorsorgeuntersuchung, weil sie ständig Schmerzen hatte. Manni hatte sie schon aufgezogen und gesagt: „Soll ich dir saure Gurken mitbringen?" Oder er sagte: „Bei Otto haben sie schöne Umstandskleider, ein Bäuchlein ist ja schon zu sehen." Gut, das Gerda seinen Humor kannte. Eine andere Frau wäre bestimmt schon ausgerastet.

Dr. Weichmann sah das natürlich ganz anders. Nach der Untersuchung erklärte er Gerda genau was sie hatte. „Sie haben eine Verkrampfung der Unterleibsorgane, ist aber nichts Schlimmes." Er verschrieb ihr ein Medikament und Gerda war froh gesund zu sein. Manni hatte da natürlich schlimmere

Gedanken. Er dachte sich: „Einmal Frauenarzt sein und alle Muschis betrachten... hach, das wäre es."

Hotte wurde nach zwei Wochen entlassen, musste aber noch an Krücken gehen. Im Mietshaus war immer noch ein Riesenchaos. Die Arbeiten schritten nur langsam voran und alle waren angespannt ohne Ende. Das kleinste Wort hätte in dieser Situation schon einen gewaltigen Krach unter den Hausbewohnern auf den Plan gerufen. Bodo und Lotte putzten gerade den Speicher. Sie keiften sich da oben so laut an, dass Manni aufmerksam wurde. „Wat is denn bei euch da oben los, geht's auch ein bisschen leiser? Boa, hör mir auf, du!", rief Manni nach oben. „Das Problem ist, hier hat es sich ein Wespennest auf dem Dachboden bequem gemacht und Lotte wollte da gerade mit ihren Händen ran.", antwortete Bodo. Etwas später rief Manni den Insekten-Notdienst an. „Immer wat anderes in diesem Scheißhaus.", schimpfte er. Wieder mal klapperte Susi mit ihren Putzeimern herum. Dieses Mal trug sie nur einen Kittel, viel zu eng und nur mit zwei Knöpfen geschlossen. Hatte sie denn immer noch nicht begriffen, dass es sich nicht lohnt im Augenblick zu putzen? Ja, sicher hatte sie, aber heute ging es wirklich nicht anders. Ihr neuer Freund Bernd wollte sie am Abend besuchen kommen und da musste alles wie geleckt sein. Jedoch immer wieder musste sie ihre Reize präsentieren, denn unter dem Kittel war ein Nichts an Stoff.

Die Wohnungstür bei Manni ging auf und Gerda kam heraus. „Ich hab' gehört, dein neuer Freund kommt heute, Susi.", sagte Gerda gespielt freundlich. „Ja klar, ich freu' mich schon.", strahlte Susi. Gerda konnte sich nicht verkneifen zu sagen: „Bin mal gespannt wie lange der das bei dir aushält."

„Ach Gerda, kümmere dich doch um deinen eigenen Scheiß, dann weißte wenigstens was dein Alter hinter deinem Rücken treibt.", entgegnete die junge Frau echt sauer. „Jetzt kriegste aber gleich eine geschmiert, du Luder. Was erlaubst du dir eigentlich?", schrie Gerda sie an. Ein Wort gab das andere und der Flurputz-Ringkampf war eröffnet. Beide Frauen hatte die Kampfeslust gepackt. Sie kloppten sich und rutschten immer wieder in der Putzlauge aus. Susis Kittel riss auf, jetzt war sie nackt. Und Gerdas Oberteil und BH waren auch nicht mehr da, wo sie hingehören. Sie waren nicht mehr wieder zu erkennen. „Was geht denn hier ab, wo bin ich denn gelandet?", rief der Mann von der Insektenbekämpfung, den Manni kurz zuvor gerufen hatte. Die beiden Frauen merkten recht schnell, dass sie sich daneben benommen hatten. Sie entschuldigten sich und verschwanden schnell in ihre Wohnungen.

Es dauerte einige Tage bis sie wieder aufeinander zugingen. Tage später war natürlich alles wieder vergessen. Das Leben ging im Duisburger Mietshaus weiter. Mal Zoff, mal Friede, Freude und Eierkuchen. Am Abend klingelte Bernd bei Susi an. Erst nach zweimaligem Klingeln öffnete sie die Tür. Wie immer natürlich fast nackt. Bernd war ein Mann um die Dreißig, Elektriker und geschieden seit einem Jahr. Seine Frau hatte die Schnauze voll von seinem Hobby. Er sammelte Bierdeckel aus allen Städten. Jedenfalls konnte er nicht schnell genug in Susis Wohnung kommen. Man hörte sie lachen und die Musik war auch nicht gerade leise. Mannis und Gerdas Schlafzimmer grenzte an Susis Prinzessinnenzimmer. Sie hatte alles in Rosafarbe gehalten. Gerda war mal vor ein paar Wochen kurz bei ihr. Manni hatte nichts Besseres zu tun als ständig seine Ohren an die Wand zu drücken, in der Hoffnung mitzubekommen, was die beiden so treiben. „Was machst du denn da, warum horchst du an der Wand?", fragte Gerda ihre bessere Hälfte. „Du hast doch wohl nicht alle Tassen im Schrank.", fauchte sie. Manni stotterte und suchte nach Ausreden für sein unnormales Verhalten. Wir alle wissen ja warum er das tat. Da spielte wohl auch ein wenig Eifersucht mit.

An seine Susi durfte nichts kommen, nicht mal ein neuer Freund. Im Endeffekt konnte Manni ja doch nichts daran ändern. Wenn Gerda seine Gedanken gekannt hätte, dann hätte sich Manni im Keller einen Raum einrichten können.

Na ja, jedenfalls ging im Nebenschlafzimmer die Post ab. Susi kreischte und lachte. Plötzlich stellte Manni eine Frage: „Gerda, hör mal, was würdest du sagen, wenn ich dir mal schwarze Reizwäsche kaufen würde, die Figur haste ja dafür?" „Du bist doch wohl jetzt total durchgeknallt.", antwortete Gerda und wurde rot im Gesicht. „Aber so ganz abgeneigt bin ich ja nicht, muss ich schon ehrlich zugeben.", fügte sie hinzu. „Das wusste ich doch, das ist meine Gerda, so kenn' ich dich.", sagte Manni freudestrahlend. Am anderen Tag fuhren beide in die Stadt. Sie kauften für Gerda Spitzenreizwäsche. Sie sah einfach toll darin aus. „Gut, dass wir darüber gesprochen haben, jetzt freue ich mich auf den Abend.", sagte Gerda. Als sie zu Hause ankamen, verabschiedete sich gerade Bernd von Susi.

Wie immer stand Susi in einem Hauch von Nachthemd an der Tür und Manni konnte sich nicht verkneifen sie anzugaffen. Der Abend rückte immer näher, Gerda hatte Kerzen angezündet und den Sekt kaltgestellt. Sie hatte eine gemütliche Atmosphäre geschaffen. Bei leiser Musik kamen sich die beiden, nach langer Pause, mal wieder etwas näher. Gerda ging ins Bad und präsentierte Manni ihre Reizwäsche. Ihm fehlten einfach die Worte. Dass Gerda so reizvoll aussehen würde, damit hatte Manni nicht gerechnet. Er war total gereizt. Gerda hatte einfach tolle Hupen. Für ihr Alter waren die Brüste noch ganz schön stramm. Manni schritt zur Tat. Heute wollte er wieder einmal die Fesselstellung testen. Manni fesselte Gerdas Hände am Bettgestell. Gerda stöhnte laut, immer lauter. Sie merkten beide nicht, dass das Fenster auf Kipp war. Helmut stand davor und holte sich einen runter.

Am anderen Tag hatten beide verständlicherweise etwas Kopfschmerzen. Aber sie konnten sich an jede Einzelheit des vorherigen Abends erinnern. Der Dreck im Hausflur wurde nicht weniger. Ausgerechnet in diesem Chaos bekamen Helga und Helmut einen Wohnzimmerschrank geliefert. Die Möbelpacker stolperten über einen Schlauch, der hinter der Haustür lag. Zum Glück passierte aber nichts. Manni und Gerda überlegten am Abend in ein Gartenlokal zu gehen. Sie wollten die ersten warmen Sonnenstrahlen dazu nutzen, Erinnerungen aufzufrischen. Vor 10 Jahren lernten sie sich in einem Gartenlokal kennen. Nun wollten sie dieses Lokal besuchen. Der Wirt von damals war immer noch dort drin. Obwohl Manni ja oft nach anderen Frauen guckte, liebte Gerda ihren Ruhrpott-Rocker. Manni dachte immer, Gerda würde es nicht merken, wenn er den jungen Dingern hinterher glotzt, aber sie ist ja nicht blöd. Das Gartenlokal lag etwas außerhalb der Stadt. Sie mussten mit dem Bus fahren. Gerda hatte sich noch am Morgen ein neues Kleid gekauft. Trotz ihres Alters trug sie immer noch Mini, weil sie einfach eine tolle Figur hatte. Das Alter sah man ihr einfach nicht an. Manni war stolz auf sie. Der Mini konnte nicht kurz genug sein. Und dann noch ohne Slip...

Ricky, der Wirt des Gartenlokals, begrüßte die beiden recht freundlich. Immerhin kannten sie sich schon recht lange. Dieses Mal musste Manni auf Gerda ein Auge werfen. Sonst war es immer umgekehrt. „Hey Schnecke, hast einen tollen Arsch!", rief jemand aus der hintersten Ecke des Lokals. „Wat willst du denn, spricht man so mit einer Dame?", antwortete Manni. Schnell merkte er in welcher heiklen Situation sie sich befanden. Jetzt bloß die Ruhe bewahren. Gerda sah nun mal toll aus, da gab es nichts. Die blonden Haare hatte sie hochgesteckt und das schwarze Kleid klebte hauteng auf ihrem Körper. Zudem: Nippelalarm! „Halt dein blödes Maul!", rief der Kerl von hinten zurück. Da Manni immer noch recht muskulös war und auch so einigermaßen durchtrainiert, ging er zu diesem Typen. Nun stand er vor ihm. „So, mein Freund, reißt du noch einmal deine Schnauze auf, dann stopf ich sie dir, ist das jetzt klar?", schrie Manni ihn an. Sichtlich eingeschüchtert antwortete der Kerl: „Schon gut Meister, schon gut, ich hab dich verstanden." Wenig später bezahlte er und ging. Manni und Gerda konnten zu guter Letzt doch noch einen schönen Abend in Rickys Gartenlokal verbringen. Immer wieder massierte er Gerdas Muschi, ihr Kleid war bis zum Bauch hochgeschoben. Gerda griff hingegen immer wieder in Mannis Hose und massierte sein riesiges Kaliber. Bis weit in die Nacht hinein blieben sie dort. Die Luft war mild und der Sternenhimmel verführte zum Philosophieren. Ricky gab noch so eine Art Nachtmahl aus und brachte einen Teller Kartoffelsalat und heiße Würstchen.

Später fuhren sie mit dem Taxi nach Hause und waren seit langer Zeit mal wieder richtig glücklich. „Wieder ein Wochenende vorbei, Gerda.", sagte Manni. „Weißt du eigentlich, dass wir in ein paar Tagen schon zehn Jahre zusammen sind, mein Schatz?", überlegte der

Ruhrpott-Rocker. „Ja, wusste ich, Manni, ich wollte dich mit einem schönen Geschenk überraschen.", antwortete seine bessere Hälfte Gerda. Als Manni und Gerda noch dabei waren ihren zehnten Hochzeitstag zu organisieren, klopfte es heftig an die Tür. Susi war der Störenfried. Normalerweise konnte sie es einfach nicht lassen, Unruhe zu verbreiten. Auch konnte sie es nicht lassen zu provozieren. Sie wusste genau wie Gerda reagiert, wenn sie fast nackt im Türrahmen stand. Außerdem wusste sie auch genau wie Manni reagiert, wenn sie nichts an hatte. Aber dieses Mal konnte sie wirklich nichts dazu. Susi hatte absolut nichts an und fror fürchterlich. Sie heulte und sagte: „Bernd hat mich aus meiner eigenen Wohnung geschmissen. Jetzt stehe ich hier und komm nicht rein." „Aber warum denn?", wollte Gerda wissen. In der Zeit holte Manni aus dem Badezimmer einen Morgenmantel und gab ihn Susi. Sie zog ihn sofort über und bedankte sich. Aber sie heulte ununterbrochen weiter und kriegte sich nicht mehr ein. „So, komm' erst mal rein, setz dich hin und erzähl uns was geschah.", sagte Manni. Susi setzte sich und fing an zu erzählen. „Er ist zwar ein netter Mann, aber innerhalb kürzester Zeit hat er sein wahres Gesicht gezeigt.", sagte Susi. Sie redete weiter: „Ja, nun weiß ich wie Bernd tickt." „Wat willst du denn damit sagen?", fragte Manni sie aus. Susi erzählte weiter: „Ja, er ließ ganz schön den Macho raushängen und führte sich unter aller Sau auf. Ich sollte das machen, was er wollte."

Das Schlimme ist heute geschehen, da wollte Bernd mir über meinen nackten Körper Eierlikör schütten und abschlecken.", sagte die junge Frau. Manni und Gerda mussten sich das Lachen verkneifen und so tun, als wenn sie es auch schlimm finden würden. „Dann bin ich vor Schreck nackt aus dem Bett gesprungen. Er rannte mir hinterher und beschimpfte mich mit „dumme Kuh" und noch anderen schlimmen Ausdrücken. Ich konnte nicht wieder rein, denn er machte die Tür nicht auf. Wenn ihr nicht da gewesen wärt, säße ich immer noch nackt im Flur." Wieder weinte sie. Manni meinte, sie solle diesen Heini wieder abschießen. Manni ging rüber und klopfte an die Tür. Nichts rührte sich. Dann schlug er mit den Fäusten an die Tür. Endlich öffnete Bernd. Susi rannte in der Zeit rein und zog sich etwas an. Dann unterhielt sich Manni mit Bernd, wie unter Männern. Bernd fing an. Die Frauen konnten nichts hören, da sie zusammen in Susis Küche saßen und quatschten. „Leider liegt die Schuld nicht alleine bei mir, dass muss ich mal sagen, Manni. Erstens war auch sie mit dem Eierlikör einverstanden und zum Zweiten rannte sie einfach nackt aus der Wohnung. Sie ließ den Schlüssel liegen und knallte einfach die Tür hinter sich zu. Ich dachte nicht daran ihrem launischen Verhalten nachzugeben und machte extra die Tür nicht sofort auf. Irgendwo hört doch da der Spaß auf." „Da kannste mal sehen, dieses kleine Luder.", staunte Manni. „Ja, eigentlich haben wir sie schon zur Genüge kennengelernt.", fügte Manni hinzu. Zu guter Letzt einigten sich alle, dass Bernd sich noch einmal mit der kleinen Zicke aussprechen sollte. Kurze Zeit später taten sie es auch und gingen wieder Hand in Hand spazieren. Wieder mal wendete sich alles zum Guten in dem Sechsfamilien-Mietshaus in Duisburg. Aber Manni hatte da noch den Eierlikör im Kopf. „Schätzchen, leg' dich mal nackt aufs Sofa, ich will unseren Sahnelikör mal von deinem Körper lecken.", flüsterte Manni.

Gerda zog sich langsam aus. Sie öffnete ihren BH. Nippel für Nippel erblickte Manni. Sie legte sich und Manni begoss sie mit dem Likör. Genussvoll leckte er sie ab. Überall...

Karneval steht vor der Tür. Alle Hausbewohner haben vor, auf dem Hinterhof ein wenig zu feiern. Dazu müssen natürlich Vorbereitungen getroffen werden. Das Wetter ist zwar kühl an diesem Tag, aber sonnig, sodass sich alle im Hof treffen konnten. Für das Essen hatten sich Gerda, Helga, Lotte und Susi zusammengetan. Sie wollten ein paar kalte Platten und einen großen Topf Gulaschsuppe machen.

Die Männer sorgten für die Dekoration. Auch für die Kostüme wollten sie tief in die Mottenkiste greifen. Jeder rannte in seinen Keller und kramte zusammen, was er noch finden konnte. Darunter waren ein Bananenröckchen, mehrere Perücken, Masken, ein Rotkäppchen-Kostüm und vieles mehr. Die Frauen suchten sich das Passende heraus und verschwanden für eine Weile. Bernd sagte: „Ich bin mal gespannt wat sich meine Holde ausgesucht hat." „Kann ja nur das Bananenröckchen sein.", witzelten die anderen Männer und lachten schallend über den ganzen Hof. Schon am Nachmittag hörten sie mit dem alten Kassettenrekorder von Manni Karnevalsschnulzen.

Die Frauen hatten alles gemütlich gedeckt und selbstgebackenen Kuchen aufgetischt. Tische und Stühle konnte sich Hotte aus der Nachbarkneipe ausleihen, da er mit dem Wirt gut befreundet war. Nun marschierten die Weibsbilder mit ihren Kostümen auf.

„Siehste Bernd, haben wir doch gewusst, dass deine Angebetete mit Bananenrock hier anwackelt.", lachte Manni. Gerda hatte das Rotkäppchen-Kostüm mit sehr kurzem Rock genommen. Nun ja, sie konnte es so kurz tragen. Helga kam mit langer, schwarzer Perücke, kaum wieder zu erkennen. Dazu trug sie einen langen durchsichtigen Zigeunerfummel. Lotte hatte ihre Brüste aufgepolstert, jedenfalls kamen sie ganz schön aus dem Ausschnitt heraus. Ein Tanzmariechen-Kostüm tat obendrein seine Wirkung. „Einfach Klasse sind unsere Frauen.", meinte Hotte, obwohl er keine dabei hatte. Die Musik lief in voller Lautstärke und die Bierchen flossen gut die Kehle herunter. Die Frauen tranken Wein. Jetzt wurde getanzt. Gerda und Manni machten den Anfang, wie immer wenn gefeiert wurde. Dann kamen Helga und Helmut; Bodo und Lotte ließen sich auch nicht zwei Mal bitten. Bernd und Susi tanzten eng umschlungen. „Da kannste mal sehen, Hotte, erst schlagen sie sich die Köppe ein und jetzt ist wieder Eierkuchen backen angesagt.", rief Manni rüber zu Hotte. Wieder konnte es der Ruhrpott-Rocker nicht lassen zu sticheln. Gegen Abend brachten die Frauen kalte Platten und Salate heraus. Es wurde ordentlich reingehauen. Bier macht hungrig, das weiß man doch. Dass Manni wieder unauffällig Susi unter den Bananenrock griff, merkte keiner. Doch es hatte jemand gesehen. „Mensch Manni, du bist und bleibst eine Sau.", sagte Bodo und schaute schnell wieder in eine andere Richtung. Aber leider machten beide weiter. Auch Susi fand Gefallen daran. „Warte mal, ich zieh' mein Höschen aus, dann kommste besser ran.", flüsterte Susi. Genussvoll massierte Manni Susis Schamlippen. Das Höschen schnappte sich Hotte.

Die Musik lief und es wurde gebechert was das Zeug hielt. Keiner wusste mehr so genau zu wem er gehörte. Plötzlich war Gerda mit Hotte verschwunden. Den anderen war das wohl völlig egal. Ausgerechnet Gerda, die steht's Moralpredigten abhielt. Na ja, der Alkohol hatte wahrscheinlich ordentlich zugeschlagen. Susi saß bei Manni auf dem Schoß. Helga tanzte eng umschlungen, man hätte auch sagen können, sie tanzte einen Besamungstango mit Bodo. Helmut fasste ständig Lotte an die Brüste. Benehmen Fehlanzeige. Und was ging bei Gerda und Hotte ab. „Hömma, Gerda, die Susi hat mich im Krankenhaus mitte Hand befriedigt. Sowas kanze bestimmt nicht, oder?", flüsterte Hotte der Gerda ins Ohr und wurde so rot wie ihr Rotkäppchen-Kostüm. Das ließ Gerda nicht auf sich sitzen. Ruck-zuck öffnete sie Hottes Hosenschlitz und holte sein bestes Stück heraus. Sie öffnete ihre Bluse und den BH. Mit den dicken Brüsten befriedigte sie Hotte. Beide stöhnten laut, nur die Musik war noch lauter.

Anscheinend war es den Hausbewohnern so egal, dass sie sich in diesem Zustand, zu allem Überfluss, auch noch in einer Kommune zusammentun wollte. „Dann macht doch mal einer einen konkreten Vorschlag, wie das Ganze aussehen soll.", fragte Bodo. Gerda kam gerade herein. Helmut meldete sich, mit einem, wohl dem Karneval angepassten Akzent, zu Wort: „Ich würde vorschlagen, wir hängen alle Wohnungstüren aus, damit jeder bei jedem ein- und aus-gehen kann. Dafür werden wir eine verstärkte Haustür einsetzen lassen, aber mit Sicherheitsverriegelung." „Leute, lasst uns nochmal darüber reden, wenn wir alle wieder nüchtern sind.", schlug Manni vor. „Ich glaube, in dem Zustand, in dem wir uns im Augenblick befinden, würden wir auch eine Sekte gründen.", fügte er noch hinzu. Bodo war der einzige in der Hofgesellschaft, der noch etwas klarer denken konnte. Er sagte: „Wir sollten unbedingt erst mal sehen, dass wir unsere Beziehungen wieder richtig stellen. Ich finde spätestens morgen früh sollte das besprochen werden."

Am anderen Morgen trafen sich alle Hausbewohner bei Manni und Gerda zum Frühstück und sprachen sich aus. Sie entschuldigten sich für ihr Fehlverhalten bei ihren Partnern. Die Männer lobten die Frauen für das tolle Essen und wie reizend sie aussahen. Alle waren zufrieden und das Leben in dem Duisburger Sechsfamilienhaus ging irgendwie weiter.

Weiterhin fanden sie stets etwas um sich zu streiten und zu vertragen. Aber auch das Feiern war ihre Leidenschaft. „Guten Morgen Manni, haste Lust am Samstag mit zum Kegeln zu kommen, bei Ilona im Kerker?", fragt ihn ein alter Kumpel, den Manni zufällig traf. Er hatte ihn schon lange nicht mehr gesehen. „Ich wusste gar nicht, dass du noch lebst, Günther, aber gerne ich bin froh, mal was anderes zu sehen.", freute sich der Ruhrpott-Rocker. Die beiden Männer trafen sich an der Straßenbahnhaltestelle. Günther hat man vor ein paar Wochen den Führerschein abgenommen, wegen Promilleüberschreitung. Ein normaler Mensch hätte diese Alkoholmenge nicht überlebt. Er konnte sogar noch fahren. Nur leider musste ein Baum dran glauben.

Mannis alter Manta war in der Werkstatt zur Inspektion. „Soll ich dich am Samstag um 18 Uhr abholen, bis dahin habe ich meine Kiste wieder,

Günther?", fragte Manni. „Ja, wenn du das tust, freue ich mich sehr.", antwortete sein Kumpel. Weiter sagte er: „Ich werde morgen die Kegelbahn bei Ilona direkt klar machen."

Die Bahn kam und die beiden Männer fuhren gemeinsam bis zur Stadtmitte. Dort stiegen sie aus und jeder ging in eine andere Richtung weiter. Günther musste zum Orthopäden, weil seine Knie nicht mehr mitmachten. Sie sprachen schon mit ihm, also die Knie mit Günter. Was sie sagten? „Setz' dich!"

Manni wollte Gerda eine schöne Halskette beim Juwelier kaufen. Er wollte sie zu ihrem Geburtstag überraschen. 333'er Gold wollte er nehmen. Für Manni schon eine Menge Kohle. Aber für seine Gerda tat er alles, sogar Susi nicht mehr unter ihren Rock fassen, hat er versprochen. Es vergeht kaum ein Tag, an dem nichts passiert in dem Sechsfamilienhaus in Duisburg. Manni und Gerda fühlen sich recht wohl dort und würden für kein Geld der Welt in ein anderes Haus ziehen. Alle verstehen sich sehr gut. Wenn es Probleme gibt, ist einer für den anderen da. Natürlich nimmt Manni das oft zu genau, besonders wenn es um

Susi geht. Aber da hat Gerda mit ihren Argusaugen und ihrem siebten Sinn, ein gutes Gespür für und passt gut auf. Seit Hotte vor ein paar Wochen den Unfall im Hausflur hatte, humpelt er nur noch durch die Gegend. So richtig will es einfach nicht mehr klappen. Eines Morgens klingelt es an Hottes Wohnungstür. Eine junge Frau, ungefähr 30 Jahre alt, steht dort mit einem Aktenkoffer unter dem Arm. „Darf ich mich vorstellen, mein Name ist Hansen. Margot Hansen. Ich komme von den aktiven Schwestern.", sagte sie. „Wir sind eine Gemeinschaft, die sich um einsame Menschen kümmern.", erklärte sie weiter. Hotte dachte: „Was? Von den attraktiven Schwestern?"

„Und wie finanziert ihr euch, was macht ihr genau?", fragte Hotte mit einem Grinsen und Hintergedanken im Gesicht. „Aber bitte kommen sie doch herein, bei einer Tasse Kaffee können wir uns bestimmt besser unterhalten.", meinte der Junggeselle. Frau Margot Hansen war eine ausgesprochen schöne und attraktive Dame. Oder wie Manni sagen würde, eine Kanone. Von diesem Verein hatte Hotte zwar noch nie etwas gehört, doch trotzdem war er neugierig. Frau Hansen erklärte ihm, dass sie Menschen aufsuchen, die schon älter sind und alleinstehend. Sie wollen helfen, falls es demjenigen schlecht geht, er keine Angehörige mehr hat oder falls er sich eine teure Pflege nicht leisten kann. Sie erzählte weiter, dass sie sich aus privaten Spenden finanzieren. „Um heraus zu bekommen, welche Personen dafür in Frage kommen, hören wir in der Nachbarschaft nach. Aber wir stellen auch Anfragen bei der Stadt.", sprach sie weiter. Während Frau Hansen sprach, himmelte Hotte sie regelrecht an. Er bat sie doch in Kürze noch einmal zu ihm zu kommen. Zustimmend nickte sie mit dem Kopf und sie verabredeten sich für eine Woche später bei Hotte in der Wohnung. Oben auf der Treppe hörten Bodo und Lotte zu. Neugierig, wie sie eben waren, wollten sie nun von Hotte wissen, was die Frau wollte. „Eigentlich ist es ein ganz anderer Grund, weshalb wir bei dir geschellt haben, Hotte.", meinte Lotte.

„Gerade wollten wir unsere Fahrräder aus der Waschküche holen und was denkst du wohl, was wir zu sehen bekamen.", erzählte Bodo mit hektischer

Stimme. Weiter erzählte Lotte, dass sie sich dermaßen erschreckt hatten, als sie Helmut sahen, wie er Susi von hinten gefickt hat. „Sie beugte sich noch extra über den Waschkessel und streckte ihren Hintern aus, dieses Luder.", meinte Lotte. Aber Hotte interessierte es überhaupt nicht. Schnell machte er seine Tür zu und wollte seine Ruhe haben. Mit dieser Entdeckung gingen Bodo und Lotte hausieren. In kürzester Zeit wussten alle diese Neuigkeit. „Helmut ist eine Sau, dieser Penner.", rief Manni hysterisch. „Susi ist einfach ein Flittchen, dass wussten wir schon länger.", tat Gerda ihren Senf dazu.

„Aber wie bringen wir es nur Helga bei, sie muss doch die Wahrheit erfahren.", meinten alle. „Nein, nein, so nicht, ich werde erst mit Helmut reden, am besten ich knöpfe ihn mir sofort vor.", sagte der Ruhrpott-Rocker. Helga und Helmut wohnen genau über Manni. Als er bei den beiden klingelte, hatte er ein ungutes Gefühl. „War es eigentlich richtig, sich da einzumischen?", dachte Manni. Zum Glück war Helga nicht zu Hause und die beiden Männer konnten sich in Ruhe unterhalten. „Sach mal, was hast du dir da eigentlich gedacht, als du Susi in der Waschküche, du weißt schon?", sprach Manni Helmut vorsichtig an. „Wa, wa, was meinst du denn?", stotterte Helmut herum. Er tat so, als wenn nichts gewesen wäre. „Muss ich erst noch deutlicher werden, du Knalltüte.", regte sich Manni auf und bekam dabei einen hochroten Kopf. Ein Wortgefecht voller Lügen, Ausreden, Einsichten und letztendlich Entschuldigungen fand statt. Natürlich bekamen es alle im Haus mit. Manni meinte: „Helmut, ob du es Helga erzählen willst, bleibt dir überlassen, wir mischen uns da nicht mehr ein. Wenn du das mit deinem Gewissen vereinbaren kannst, dann schweige lieber."

Ob Helmut seiner Helga irgendwann davon erzählt hat, wer weiß das schon. Und Susi, na ja, die ist schließlich mit ihrem Bernd auch wieder auseinander gegangen. Trotzdem ist es eine Sauerei, wenn sie immer wieder versucht, die Gemeinschaft durcheinander zu wirbeln. Ein schlechtes Gewissen wird Susi bestimmt nicht gehabt haben. Die alltäglichen Geschichten im Duisburger Haus reißen einfach nicht ab. Es lebt eben. Es wohnen ganz normale Menschen dort, wie anderswo auch. Sie wälzen Probleme und sind nach einiger Zeit wieder glücklich. Sie sind zufrieden mit dem was sie haben und wo sie wohnen. Ist doch auch klar. Genau um die Ecke ist eine Bude. Ein paar Meter weiter Aldi, und Ikea ist auch in der Nähe. Ja, geschraubt und genagelt wird nämlich immer in diesem verrückten Haus. Hauptsächlich genagelt!

Ach ja, was wurde denn aus Margot, sorry, Frau Hansen, und Hotte? Frau Hansen besuchte Hotte wieder. Und Hotte entwickelte sich langsam zu einem Lüstling. Beide redeten und redeten. Frau Hansen wurde von ihrem Freund verlassen. Hotte holte den guten Schnaps aus dem Schrank und schenkte ordentlich ein. Gereizt war er von Margot von Anfang an. Jetzt kam sie im Mini. Immer wenn sie die Beine übereinander schlug, sah Hotte bis in den Schritt. Je mehr Alkohol floss, umso höher rutschte der Rock. Dann stießen sie auf Brüderschaft an. Mit gewagtem Griff öffnete Hotte ihr die obersten Knöpfe an der Bluse. Ein weiterer Griff und Hotte öffnete ihr den BH. Jetzt nahm er sie in den Arm und massierte genussvoll ihre winzigen Brüste mit den harten

Nippeln. Danach landeten beide im Bett. Also, wenn das die Runde macht, das ist ein neues Gesicht von Hotte.

So, zurück zu Manni. Ja, ja, unser Manni. Oft ist mit ihm nicht gut Kirschen essen, aber meistens ist er ein feiner Kerl, mit dem Herzen am rechten Fleck. Obwohl einen gravierenden Fehler hat er schon. Er wird schwach, wenn er blanke Brüste sieht und Frauen mit kurzen Röcken. Nach dem Theater im Haus, welches sich konstant einige Wochen hinzog, haben Manni und Gerda beschlossen, für eine Woche in den Schwarzwald zu fahren. „Das willst du doch wohl nicht alles mitnehmen Gerda oder?", fragte Manni sie erstaunt. Er sagte: „Sieh' mal Frau, wir haben keinen Lastwagen, sondern nur einen Astra Kombi." Der Astra war übrigens gebraucht gekauft, der alte Manta hielt nach der Reparatur nicht mehr lange, Lagerschaden.

„Wo soll ich den ganzen Kram hin packen.", beschwerte er sich weiter. Manni meinte ein Nachthemd und ein Badetuch könnten auch genügen. Aber ein Lachen konnte er sich nicht verkneifen, als er dies sagte.

„Ist doch mal wieder typisch für dich, immer wat zu meckern haben, aber selbst alles richtig machen zu meinen.", antwortete Gerda. Sie war für ihr Alter immer noch recht sexy und attraktiv, dies wurde ja schon öfter erwähnt. Nachdem Gerda ihre Klamotten reduziert hatte, brachten sie alles ins Auto. Auf Anraten von seiner Holden, hatte sich der Ruhrpott-Rocker vor ein paar Wochen ja den Astra besorgt. Der ist sechs Jahre alt und hat zwar schon 75.000 km auf dem Tacho, aber sonst ist er ganz in Ordnung. Leider ist er knallrot. Nicht gerade Gerdas Farbe. Aber es kommt beim Auto eben auf andere Dinge an. Nun war das Auto voll bis unter dem Dach. Angeblich hatte Manni ja nur das Nötigste eingepackt, doch Gerda traute dem Braten nicht. Denn statt zwei Koffern hatte er zusätzlich noch zwei Reisetaschen gepackt. „Wat da wohl drin ist?", dachte Gerda. Manni stand mit Hotte am Nachbarauto. Manni war gereizt, denn das Schlafzimmer sah aus wie auf einem Schlachtfeld. Beide redeten aneinander vorbei. Hotte: „Boah ey, dat is nen Schlitten, sonnen Ford Mustang." Manni: „Ich hab für ihr gesagt, se soll ma ihre Plünnen aufräumen, hier siehdet ütt wie bei Hempels unterm Sofa."

Am anderen Morgen wollten sie losfahren, darum legte sich Manni früh hin und schlief auch tief und fest ein. Gerda nutzte die Gelegenheit und schlich sich am späten Abend aus dem Haus. Gott sei Dank hörte man wenigstens am Abend in diesem Haus mal nichts. Sie machte leise den Kofferraum auf und als erstes fiel ihr die dicke Reisetasche von Manni auf, welche ungewöhnlich vollgepackt war. Sie leuchtete mit der Taschenlampe hinein. Ihre Vermutung bestätigte sich. Gerda traute ihren Augen nicht. Es lagen Pornohefte in der Tasche. Außerdem fand sie eine Webcam und eine ganze Menge Reizwäsche für Damen.

„Einfach das Letzte.", dachte Gerda. Sie verstand nichts mehr. Warum redete Manni nicht mit ihr darüber, wenn er Probleme hatte? Bedrückt und traurig ging sie nach oben. Sie legte sich hin und am anderen Morgen stellte sie ihre bessere Hälfte zur Rede. „Mich machst du zur Sau, aber selbst packst du dir die Taschen bis oben hin mit Schweinkram voll.", schimpfte Gerda.

Weiter sagte sie: „Bitte erkläre mir mal, warum du solche Dinge mitnehmen willst, ich krieg dat nicht in meinen Kopf rein." „Ich wollte meine geil aussehende Frau doch nur überraschen.", sagte Manni. Er erzählte, dass er vorhatte, sich mit ihr in Reizwäsche vor der Kamera zu zeigen. Er meinte, alle Kerle sollen sehen wie toll meine Frau aussieht, aber sie gehört mir. Gerda meinte, dass Manni keinen Verstand hätte. Nach ein paar Minuten Bedenkzeit stimmte Gerda endlich zu und erklärte sich bereit, das alles mitzumachen. Manni freute sich, denn er hatte es auch nicht anders von seiner Gerda erwartet. Nun ging die Fahrt zum Schwarzwald endlich los und alles andere war längst vergessen. Die Autofahrt war angenehm, aber wie Manni nun mal ist, regte er sich wieder über irgendwas Unwichtiges auf und rief: „Guck dir diesen Idiot da vorne an, der kann doch nicht Autofahren, Schmidtchen Schleicher ist da wohl nix dagegen!" „Nimm dir ruhig mal ein Beispiel daran.", meinte Gerda. Plötzlich fuhr ganz langsam ein Streifenwagen an dem Opel vorbei. Der Polizist zog eine Kelle und forderte Manni auf, den Seitenstreifen anzufahren. „Ja, ja, ihr Säcke, ist schon gut, habe verstanden.", moserte der Ruhrpott-Rocker. Zum Glück konnten die Beamten ihn nicht hören.

Manni fuhr auf den Seitenstreifen und hörte sich in aller Ruhe die Strafpredigt des Polizisten an. „Wie lange haben sie ihren Führerschein?", fragte ihn der Beamte.

„Steht doch in den Papieren.", antwortete unser Held etwas sauer. Seit 30 Jahren hatte er den Lappen und ist immer unfallfrei gefahren. „Ihren Ausweis bitte.", drängelte der Polizist weiter. Er schaute sich den Ausweis an und stellte ungläubig fest, dass Manni ja immer noch die gleiche Frisur, das gleiche Hemd und die gleiche Haarfarbe hatte, wie vor 30 Jahren. „Wie kommt denn das, mein Freund?", wollte der Beamte wissen. Manni antwortete: „Ich kann eben keine alten Gewohnheiten ablegen, Herr Wachtmeister." Jetzt endlich kam der Polizist aus sich heraus. Er musste lachen. Mit einer Strafe von 30 Euro kam Manni noch mal mit einem blauen Auge davon.

Einige Stunden später trafen sie auf dem Bauernhof, auf dem sich die Ferienwohnung befand, ein. Manni und Gerda hatten diese schon vor ein paar Monaten gebucht. Sie wurden mit offenen Armen empfangen. Ein älteres Ehepaar bewirtschaftete den kleinen Hof mit einigen Tieren und einem kleinen Feld. Sie zogen dort Gemüse für die Feriengäste und für den eigenen Verbrauch hoch. Das Ehepaar lebte von den Einkünften aus der Vermietung der Wohnung und war damit durchaus zufrieden. Ihre Tochter Eva studierte noch. Sie wollte Tierärztin werden und lebte während dieser Zeit bei ihren Eltern auf dem Hof. Nebenbei arbeitete sie noch in einer Praxis, um ihr Studium zu finanzieren. Trotzdem bleibt Eva immer noch genügend übrig um ihre Eltern zu unterstützen. Die junge Frau hatte eine abgeschlossene Wohnung auf dem Hof und wollte auch nach dem Studium nicht weg. Eva war 22 Jahre alt, hatte lange schwarze Haare und endlos lange Beine, die sie auch gerne in einem sehr kurzen Minirock zeigte. Anders gesagt, sie war einfach eine Bombe. Manni und Gerda wurden in ihre Wohnung gebracht und packten erst einmal in Ruhe ihre Sachen aus. Manni sagte zu seiner Gerda: „Wenn es uns gefällt Schatz, können wir doch ruhig eine Woche dranhängen, was meinst du denn?" „Ja, das könnten wir machen, denn wer hält uns davon ab.", antwortete Gerda. Kurz nachdem sie alles ausgepackt hatten, bat das Bauernehepaar die beiden zum Abendbrot nach unten in die große Wohnküche des Hauses. Manni und Gerda bedankten sich und wenig später saßen alle gemeinsam an einem riesigen Eichentisch. Ursprünglich war dieser große Tisch für das Personal des Hofes gedacht. Noch vor einem Jahr trafen sich das Personal, die Bäuerin und der Bauer hier in der Küche zum gemeinsamen Essen. Die Bäuerin kochte dann für die Mägde und die Stalljungen. Als alle am Tisch saßen sagte der Bauer: „Wir müssen noch einen Augenblick warten, denn unsere Tochter Eva kommt noch zu uns an den Tisch. Sie wird mit uns jeden Abend essen, ich hoffe sie haben nichts dagegen. Was sollten Manni und Gerda dagegen haben? Im Gegenteil, sie freuten sich neue Leute kennenzulernen. Dann ging die Tür auf und Eva kam herein. Eine Granate von Frau. Weder Manni noch Gerda konnten ihre Blicke von der jungen Frau abwenden. Sie trug ihre langen, schwarzen Haare offen, sodass sie ihr locker über die Schultern fielen. Eine recht durchsichtige Bluse, umspielte ihre pralle Oberweite. Ihre tollen Beine zeigte Eva stolz, in dem sie einen recht kurzen Rock trug. Manni bekam alle Farben im Gesicht und glaubte kaum, was er da sah. Hätte man in diesem Moment seine Gedanken lesen können, dann wäre man vor Charme errötet. Gerdas erster Gedanke war verständlicherweise: „Womit habe ich das denn wieder verdient?" Zwischen Tisch und Sitzbank quetschte sich Eva an Manni vorbei. Manni nutzte sofort den ersten Kontakt. Unbemerkt griff er unter ihren Rock. Das Biest trug keinen Slip. Eva war es peinlich und tat so, als hätte sie es nicht gemerkt. Aber beide wurden knallrot.

In der Zwischenzeit in Duisburg im Sechsfamilienhaus:

Hotte bekommt heute wieder Besuch von Margot Hansen. Sie hatten sich wieder verabredet und wollten sich gemütlich bei einer Tasse Kaffee über die Institution unterhalten, der Frau Hansen angehörte. Zumindest war das der offizielle Grund. Es klingelte. „Sie ist endlich da.", sagte Hotte bei sich selbst.

Hastig öffnete er die Tür und ließ Frau Hansen eintreten. „Bitte nehmen sie doch Platz.", bat er die junge Frau. Beide ignorierten das letzte Treffen. Mit Freuden setzte sie sich auf die alte Eichengarnitur. Diese knarrte an jeder Ecke und teilweise war sie auch durchgesessen. Jetzt noch neue Möbel kaufen wäre für Hotte nicht möglich gewesen. Das bisschen, was er vom Amt bekam ging für die Nebenkosten und für Essen und Trinken drauf. Nach einem längeren Gespräch, welches für Hotte sehr aufschlussreich war, schauten sie sich tief in die Augen. Irgendwie verspürten die beiden eine Art Kribbeln im Bauch oder wie man so schön sagt „Schmetterlinge". Na ja, sie hatten sich ineinander verschossen. Margot Hansen und Hotte wurden ein paar Wochen später ein Paar. Keiner hätte damit gerechnet, dass Hotte sich verlieben könnte, aber es ist doch passiert. Margot zog in Hottes Wohnung, denn seine war in dem Haus die größte. Ihr Lieblingszimmer ist natürlich das Schlafzimmer geworden.

Auf dem Bauernhof ging das Leben auch weiter. Gerda und Manni hatten beschlossen, noch eine Woche ihren Urlaub zu verlängern. Eva war in der Uni und das Bauernehepaar versorgte die Tiere. Die beiden Ruhrgebietler boten sich an zu helfen, wo sie nur konnten. Als die Tochter der Familie am späten Nachmittag nach Hause kam, musste Eva noch die Rinder versorgen. Sie musste die Ställe ausmisten, jedoch machte es Eva nichts aus. Eva zog sich sehr luftig an, da im Stall eine sehr stickige Luft herrschte. Unter ihrer kurzen Latzhose trug sie absolut nichts. Ihre Brüste waren nur mit den Trägern der Hose bedeckt. Beim Laufen rutschten sie ständig heraus und hingen frei herum. Eva war das alles egal, schließlich war sie ja so frei erzogen worden. Als Manni in den Stall kam und fragte, ob er ihr helfen soll, kam sie ihm recht freizügig entgegen. Die Titten waren einfach nicht da, wo sie sein müssten. Aber wie auch. Am liebsten hätte er zugegriffen, aber er wollte Gerda nicht schon wieder kränken. Es war schon ein Wunder, nachdem was in den letzten Monaten passierte, dass sie immer noch bei ihm war. In der Zeit hatte sich Gerda mit der lieben Bäuerin etwas angefreundet. Sie saßen auf einer Bank und erzählten sich Erlebnisse aus ihrem Leben. Irgendwann im Laufe des Abends ging Gerda los um Manni zu suchen, denn er hätte schon längst wieder in der Wohnung sein sollen. Gerda rief und rief, aber nichts tat sich. Sie vernahm ein leises Kichern und Stöhnen, welches immer lauter wurde. Vorsichtig, und zugleich mit einem bedrückenden Gefühl, ging sie diesen, irgendwie bekannten, Geräuschen nach. Langsam tastete sich in den dunklen Kuhstall hinein und kam den lustvollen Tönen immer näher. Rechts und links standen die Rinder in Reih und Glied. Friedlich kauten sie ihr Stroh und ab und zu ließen sie einen dampfenden Fladen in die dafür vorgesehenen Gitter fallen. Am Ende der Reihe befand sich eine kleine Kammer. Dort wurde frisches Heu für die Rinder gelagert. Leise ging Gerda auf diese Kammer zu. Die Tür war nur angelehnt und was sie dann zu sehen bekam, sollte sie so schnell nicht wieder vergessen. Manni war über Eva gebeugt. Die junge Frau lag völlig nackt im Heu. Der Lüstling griff an ihren Titten herum. Der Lüstling konnte also doch nicht widerstehen. Gerda schrie so laut, dass sich die beiden erschraken. Manni wollte Gerda noch allen Ernstes weismachen, dass es nicht so gemeint war. „Manni, wat tust du da, bitte versuche mir keine Märchen zu erzählen, dass zieht bei mir nicht mehr. Hier und jetzt breche ich alles ab, auch unsere Beziehung. Ich werde für immer gehen und den Rest meines Lebens so gestalten, wie es mir gefällt. Ich habe keine Lust mehr Angst zu haben, dass mein Partner mich betrügt." Gerda weinte bitterlich, denn so sehr ist sie noch nie belogen und gekränkt worden. Die beiden Lüstlinge standen sofort auf, klopften sich das Stroh von der Kleidung und versuchten sich noch allen Ernstes sich zu entschuldigen. „Hier ist es wohl mit einer Entschuldigung nicht mehr getan.", sagte Gerda. „Eva, ziehen sie sich an, bevor sie ihre Eltern so sehen.", bat Gerda, denn eigentlich gab sie nur Manni die Schuld an allem. Manni und Gerda gingen in die Ferienwohnung, um noch ein paar Worte zu wechseln. Gerda erklärte Manni, dass sie diese Spielchen einfach nicht mehr mitmachen will. „Hiermit ziehe ich einen endgültigen Schlussstrich unter unserer Beziehung. Ich packe jetzt meine Sachen und lasse mich mit dem Taxi zum Bahnhof bringen. Wenn ich in Duisburg angekommen bin, werde ich auch dort das Wichtigste einpacken und erst einmal in ein Hotel gehen." Manni versuchte Gerda von ihrem Vorhaben abzubringen und sagte: „Bitte überlege dir genau was du tust, Gerda. Ich bereue zutiefst was ich getan habe. Du weißt, dass ich ein Hallodri bin, aber meine Seele und mein Herz gehören nur dir.", sagte er. Gerda antwortete ihm mit Tränen in den Augen: „Du versprichst mir jedes Mal, dass du dich bessern wirst und kannst es nicht halten. Wenn du mich wirklich lieben würdest, dann käme so ein Verhalten gar nicht erst in Frage. Ich muss noch mal eine Nacht darüber schlafen."

In Duisburg hatte sich in der Zwischenzeit auch einiges ereignet. Hottes Freundin hatte sich gut eingelebt. Der Junggeselle hatte sich sehr für den Aufgabenbereich seiner Margot interessiert und begleitete sie von nun an überall hin. Susi hatte wieder einen neuen Macker. Helga und Helmut hatten sich wieder vertragen, aber die Ehe hatte einen Knacks bekommen, nachdem Helmut bei Susi Hand angelegt hatte. Lotte und Bodo sind einfach nur froh, wenn sie von dem ganzen Theater im Haus nichts hören und sehen.

Auf dem Bauernhof herrschte hingegen Unruhe. Kein Wunder, nachdem was sich Manni erlaubt hatte. Keiner konnte den anderen in die Augen sehen. Gerda hatte ja so laut geschrien, dass es keinem verborgen blieb. Eva hatte fluchtartig den Bauernhof verlassen. Die Scham war einfach zu groß. Am anderen Morgen kam Gerda in die große Bauernküche und nahm zum Frühstück Platz. Das Bauernehepaar und Manni saßen schon am

Tisch. Aber so richtig hatten die Gastgeber wohl doch nicht mitbekommen, was geschehen war. Sie stellten immer wieder die Frage: „Was ist denn passiert, Eva ist so plötzlich verschwunden, ohne einen Ton zu sagen."

„Vielleicht musste sie schnell irgendwo hin, denn ich hörte ihr Handy klingeln und sie rannte aus dem Kuhstall.", sagte Manni. Meine Partnerin und ich haben sie danach auch nicht mehr gesehen. „Schließlich ist sie wohl alt genug, um auf sich aufzupassen.", warf Gerda etwas ungehalten ein. Gerda nagte appetitlos an ihrem Brötchen herum, bevor sie mit der Sprache heraus kam. Sie schaute Manni mit einem bösen Blick von der Seite an und begann: „Übrigens werde ich vorzeitig abreisen müssen. Mein Partner wird natürlich die gebuchte Zeit noch hier bleiben." Weiter erklärte sie: „Ich muss dringend ins Krankenhaus und mich einer gründlichen Untersuchung unterziehen, die leider schon überfällig ist." Dafür hatten die Bäuerin und der Bauer Verständnis und wünschten ihr gute Besserung und alles Gute. Gleichzeitig wollten sie wissen, ob Gerda noch mal zurückkommen würde. Dies verneinte sie und ging mit Manni rauf in die Ferienwohnung. Sie unterhielten sich noch einmal über das Vorgefallene. Gerda konnte das Verhalten von Manni einfach nicht verzeihen und zur Tagesordnung übergehen, als wenn nichts geschehen wäre. Was Manni auch versuchte, er konnte Gerda nicht mehr umstimmen. Wie oft hatte er schon versprochen, ihr treu zu sein und solche Schweinereien zu unterlassen. Nichts von dem hielt er ein. Man kann Gerda irgendwie verstehen. Sie packte ihre Koffer, bestellte sich ein Taxi und hat Manni von dem Augenblick an nicht mehr wiedergesehen. In Duisburg angekommen, packte sie auch hier ihre Sachen und ließ schwere Teile und Möbelstücke, die ihr gehörten von einer Firma abholen. Als unser Ruhrpott-Rocker nach Hause kam, erinnerten ihn nur noch ein paar Fotos an Gerda. Leider zu spät, alles war zu spät. Gerda kam nie mehr zurück. Trotzdem ging das Leben im Sechsfamilienhaus weiter.

Hotte und Margot kündigten kurz nach Mannis Ankunft an, dass sie heiraten wollten. Alles wurde für die Hochzeit vorbereitet. Die Hausbewohner waren alle eingeladen. Margot schellte bei Lotte an und fragte sie: „Lotte wir haben am Samstag Polterabend und ich habe gesehen, dass im Keller ein riesiger, unbenutzter Partyraum ist. Hast du Lust mir zu helfen ihn wieder auf Vordermann zu bringen?" „Ja, mache ich doch gerne, Margot.", sagte Lotte. Weiter sagte sie: „Ich habe noch altes Geschirr, das können wir zerdeppern am Polterabend." Margot sagte: „Alles muss jetzt erst einmal aus dem Partyraum raus, wir müssen eine Grundreinigung vornehmen. Nur unsere Männer müssen noch nichts davon wissen, denn es soll eine Überraschung sein." Auch Hotte wusste nicht, dass es im Haus einen Partykeller gab. Die Frauen holten sich zur Verstärkung noch Susi und Helga dazu. Eifrig brachten die Frauen den Partykeller auf Vordermann und dekorierten alles für den Polterabend. Heimlich fuhren sie Bier und Spirituosen kaufen und bunkerten schon alles unten im Kellerraum. „Sollen wir wieder die kalten Platten machen?", fragte Susi. Margot antwortete sofort: „Nein, nein Hotte und ich heiraten doch nur einmal im Leben, da schauen wir nicht aufs Geld, sondern beauftragen einen Service, der das Essen bringt.", antwortete Margot.

Die Woche verging und der Samstag, an dem der Polterabend stattfinden sollte, war da. Alle Vorbereitungen waren abgeschlossen und Punkt 18 Uhr kamen die kalten Platten. Das hatten sich Margot und Hotte richtig was kosten lassen. Die Getränke waren kalt gestellt und nach und nach trotteten alle Hausbewohner Richtung Partykeller. Sie bekamen große Augen und staunten, denn die Frauen hatten einiges auf die Beine gestellt. Jedoch einer fehlte... Manni. „Hat einer von euch unseren Sonnyboy gesehen?", fragte Hotte in die Runde. „Nein, wo du es sagst, jetzt fällt es uns auch auf.", sagte Bodo. „Aber Gerda ist doch sonst immer schon bei den Vorbereitungen dabei gewesen.", stellte Lotte fest. Die Männer beschlossen gemeinsam bei Manni zu klingeln. Sie wollten ihn fragen, was los ist. In der Zeit tranken die Frauen schon etwas und legten schöne Musik auf. Der Plattenspieler aus den siebziger Jahren spielte noch einwandfrei. Die Schallplatten waren Raritäten und lagen die ganzen Jahre fest verschlossen in einer Truhe.

Hotte, Bodo und Helmut schellten bei Manni an. Nach einer Weile machte Manni die Tür auf und sagte: „Ach, ihr seid es, ich habe nicht mit euch gerechnet." Er sah sehr schlecht aus. Sie fragten ihn: „Was hast du denn, Manni und wo ist Gerda?" Manni antwortete gequält: „Ja, das ist eine lange Geschichte, aber kommt erst mal herein." „Weißt du denn, dass ich heute Polterabend habe?", fragte Hotte ihn. „Nein, entschuldige, mein Freund, aber ich habe in den letzten Wochen nichts mitbekommen.", sagte Manni. Manni erzählte vom gemeinsamen Urlaub und von dem was vorgefallen war. Mit Tränen in den Augen sagte er: „Sie hat mich verlassen und kommt auch nicht wieder zurück." Die Männer schlugen die Hände über den Kopf zusammen, sie konnten nicht glauben, was sie gerade zu hören bekamen. Hotte erzählte noch, dass er in dieser Zeit Margot kennen und lieben gelernt hätte und dass sie nun heiraten wollten. Das Manni jetzt bis oben in der Scheiße saß, hatte er sich selbst zuzuschreiben. Aber seine Freunde sprachen ihm Mut zu und, dass das Leben doch irgendwie weiter gehen würde. „Manni, du bist doch noch kein alter Sack, da wird bestimmt noch mal jemand kommen für dich.", sagte Helmut. Gemeinsam gingen sie nun herunter in den Partykeller. Manni war begeistert, seine Laune besserte sich und er plante schon wieder die nächste Fete.

Langsam kehrte wieder Frieden ein in Mannis Herz. Gemeinsam feierten sie den Polterabend mit viel Alkohol, aber Manni wollte nichts trinken und blieb bei einem Saft. Er wollte sein Leben komplett umkrempeln. So ging das Leben nun weiter in diesem ehrenwerten Haus. Manni bekam endlich alles besser in den Griff. Er trank keine Bierchen mehr und wurde ein ruhiger und nachdenklicher Mensch.

Aber ich glaube eher, dass er wieder eine Frau finden wird, die zu ihm passt. Auf Dauer wird er doch nicht ganz ohne seine geliebten Bierkes auskommen. Wir werden es sehen.

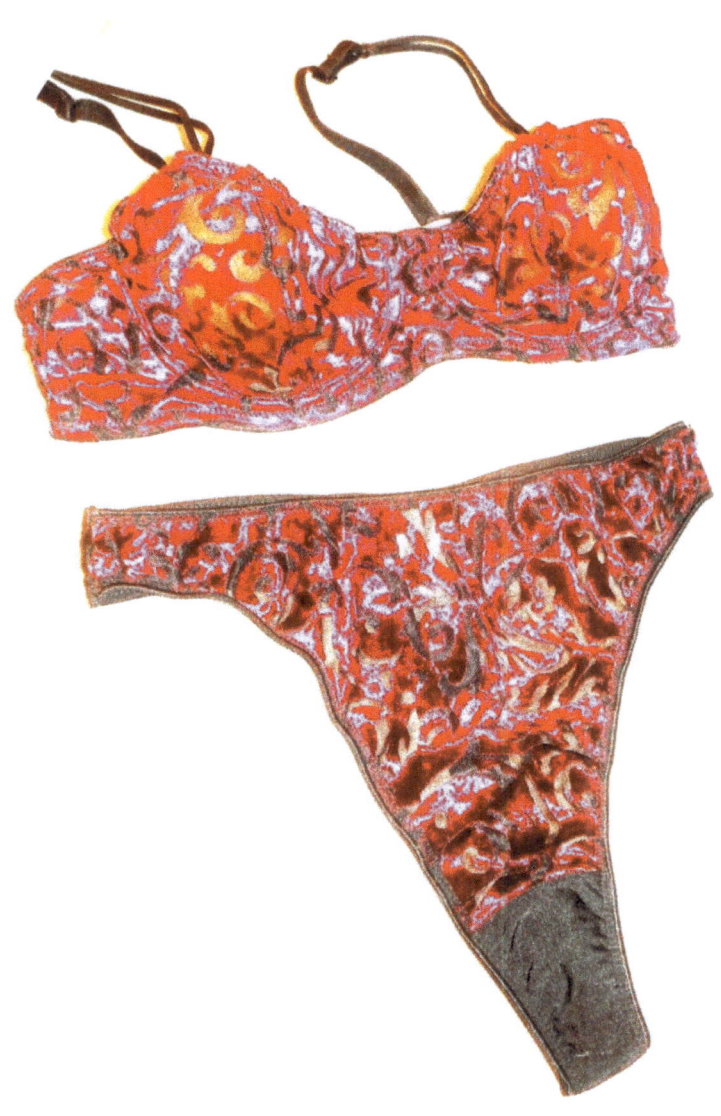

Teil 2

Das Leben im Sechsfamilienhaus ging immer irgendwie weiter. Es wurden Probleme gewälzt, geweint und gelacht. Es wurde gefeiert und es zogen auch von Zeit zu Zeit Leute aus und wieder ein.

An diesem Montagmorgen hatten alle irgendwie ein Brett vor dem Kopf. „Wat is denn hier in dem Haus los, habt ihr alle schlecht geschissen?", brüllte Manni ins Treppenhaus und knallte seine Wohnungstür zu. Aber irgendwie kann man ihn verstehen, denn keiner grüßte und alle hatten lange Gesichter. Kurz darauf klingelte Margot bei Manni an. Sie hatte ein Din-A 4 Blatt in der Hand und wedelte nervös damit herum. Der Ruhrpott-Rocker öffnete die Tür. Völlig aus dem Häuschen sagte Margot: „Manni, hör' mal, hast du auch sonne hohe Stromnachzahlung von den Stadtwerken bekommen? Dat kann doch wohl nich sein, dat ich so viel nachzahlen muss, wo ich immer so sparsam bin mit Strom. Ich muss jetzt 400 Euro berappen und weiß nich wo ich die Kohle hernehmen soll, Manni." Manni beruhigte sie und bat sie erst mal herein. Bei einer Tasse Kaffee erklärte er ihr, sie sollte es doch mal mit einer Ratenzahlung versuchen. „Fragen kostet ja nix und mehr wie nein sagen können die auch nich, dat kannze mir ruhig glauben Margot.", versicherte der in den 70'er Jahren stecken gebliebene Weiberheld. Margot hatte vor einigen Wochen Hotte den ewigen Junggesellen geheiratet und war eigentlich noch ein Neuling in dem Duisburger Haus. Nur zu Manni hatte sie komischer Weise sofort Vertrauen gefasst. „Nun geh' erst mal rauf und mach dat am besten schriftlich für die Stadtwerke, dat klappt bestimmt.", tröstete Manni sie. Jetzt wusste er auch, warum die alle so schlecht gelaunt waren. „Die haben bestimmt auch sonne Latte zu bezahlen.", dachte er. Ist ja eigentlich kein Wunder in dem Bunker hier, denn Hotte zockt bis spät in die Nacht, Bodo und Lotte haben nur am späten Abend Hunger und dann direkt auf ein Vier Gänge Menü, Helga badet drei Mal am Tag und Manni, na ja, wer weiß das schon so genau was der in seiner Wohnung treibt.

Vor ein paar Tagen hat ein neuer Pächter die Trinkhalle um die Ecke gepachtet. Wer das genau ist, weiß Manni noch nicht. Nach dem Gespräch mit Margot musste er sich erst mal eine Packung Lord Extra und eine Cola besorgen. Eigentlich wollte er nicht mehr rauchen, denn er hatte vor, sein Leben grundsätzlich zu ändern. Aber wie das eben so ist, der Mensch ist einfach zu schwach, wie Manni das immer so sagt. Mit seinen Schlappen, der durchgewetzten Jogginghose und seiner frisch gestutzten Dauerwelle, schlurfte er zur Bude. Dort angekommen, traf er schon ein paar Kumpels von früher an. Sie standen da mit einer Pulle Bier auf der Hand, oder ein anderer mit einem Becher Kaffee.

„Ja, wat sehen denn meine blinden Augen, dat gibet doch nich man.", rief Manni. Nach dem er die anderen begrüßt hatte, gab er der neuen Inhaberin der Trinkhalle die Hand. Ausgerechnet Uschi, seine frühere Freundin hatte jetzt die Bude. Er sagte: „Ja, dat kann ich doch wohl nich glauben, dat ich dich noch mal wiedersehe. Wie isset dir denn so ergangen, Uschi, warst du nich verheiratet?" Uschi und Manni waren vor 35 Jahren ein Traumpaar. Beide schlank und schön. Manni fuhr einen gerade frisch lackierten Manta und lernte Uschi in seiner damaligen Klicke kennen. Sie war Friseuse und er holte sie immer nach Ladenschluss ab. Manni hatte etwas früher Feierabend damals. Er arbeitete in einer Autowerkstatt. Das war für ihn vorteilhaft, denn da konnte er seinen geliebten Wagen in der freien Zeit pflegen und wenn es etwas zu schrauben gab, konnte er es an Ort und Stelle erledigen. Uschi und Manni waren viele Jahre ein Paar. Doch dann wendete sie sich eines Tages von ihm ab. Sie hatte einen Mann kennengelernt, der einen tollen Posten in einer Bank hatte. Dann machte sie Schluss mit Manni. Hat sehr lange gedauert, bis er darüber hinweg war. „Für eine Bänker-Ehefrau, bisse aber nich weit gekommen, ne Uschilein?", lästerte Manni. „Er is vor einem Jahr gestorben, hat mir nix hinterlassen und nun muss ich eben sehen wo ich bleibe.", antwortete sie. Sie schaute den ewigen Rocker an und sagte: „Hast dich aber noch gut gehalten Manni." „Ja, danke, du aber auch, Uschi.", sagte er. Manni verlangte seine Kippen und seine Cola und verschwand erst mal wieder in seine Wohnung. Er machte sich Gedanken darüber, dass das Leben nicht immer nur schön sein kann, sondern das wir alle kämpfen müssen. Eigentlich ein Leben lang. Und wenn wir denken, wir hätten unser

Ziel erreicht, kommt wieder irgendetwas dazwischen, was alles zu Nichte macht. Fast resigniert, setzte sich Manni auf das alte Sofa von seiner Tante, zog genüsslich an der Zigarette und trank fast die ganze Flasche Cola auf ex aus.

Eigentlich dürfte er nicht rauchen. Der Dr. Feldbusch meinte, dann würde seine Bronchitis nie verschwinden. Für wen sollte er denn noch auf seine Gesundheit achten? Er hatte doch nichts mehr zu verlieren. Was denn auch? Der Ruhrpott-Rocker war immer ein Normalo geblieben. Er war zwar nicht arm, aber auch nicht besonders mit Reichtum bestückt. Seine Lebensversicherung hatte er sich damals, als er Gerda kennen gelernt hatte, auszahlen lassen. Natürlich ein Verlustgeschäft, aber er wollte dieser Frau eben imponieren. Bargeld zieht immer, dachte er damals. Manni bemühte sich eigentlich immer um seine Frauen und trotzdem gingen zwei Beziehungen kaputt. Na, ja vielleicht waren da noch zu viele andere Damen.

Manni dachte eine ganze Zeit lang über Uschi nach. Sie war 10 Jahre jünger als er und Witwe. Mann, das war eine tolle Zeit damals. Sie waren unbekümmert und hatten sich wirklich über nichts den Kopf zerbrochen. Es wurde nur an eine bestimmte Sache gedacht. Uschi und Manni waren ein klasse Paar. Wenn sie nicht Schluss gemacht hätte, dann wären sie bestimmt heute noch zusammen, dachte Manni wehmütig. Und was war das für eine geile Frau. Uschi trug die kürzesten Röcke und den tiefsten Ausschnitt. Ständig gab es Nippelalarm. Sie hatte einen großen Brustwarzenvorhof. Immer blickte fast bis zu den Nippeln alles heraus. Uschi bückte sich immer sehr tief, natürlich ohne Höschen. Ist klar, dass der Bank-Mensch auf Uschi stand. Aber was solls, nun musste er eben sein Leben alleine fristen. Nur komisch, dass er an Gerda keinen Gedanken mehr verschwendete.

Am anderen Morgen ging das Telefon. Seine ältere Schwester Inge meldete sich: „Hallo Bruderherz, hast du was dagegen, wenn ich dich am Sonntag besuchen komme?" „Dat is ja ein Ding, dat du dich mal melden tust, Schwesterken.", antwortete Manni. „Da is doch bestimmt zwischen Hans und dir widder wat im Busch, oder?", fügte er hinzu. Inge stöhnte in den Hörer: „Ja, genau Manni, du kannst wohl hellsehen wat, da können wir am Sonntag noch genauer drauf eingehen." Sie verabschiedeten sich und der Weiberheld und Frauenkenner konnte immer noch nicht glauben, die Stimme seiner Schwester gehört zu haben. Derweil war im Sechsfamilienhaus in Duisburg Unruhe angesagt. Susi, Helga, Lotte und Hottes Frau Margot standen zu einem Klübchen eng zusammenstehend im Treppenhaus. Sie regten sich wieder einmal lautstark über irgendeinen Mist auf. Manni riss wütend seine Tür auf und schrie: „Ihr verdammten Weiber, hat man denn hier in dem Scheißhaus nie seine Ruhe, oder wat?" Weiter sagte er: „Merkt ihr eigentlich noch wat in eurer Birne?" „Nu werd ma nich beleidigend, du Pflaume und hör dir ers ma an, wat hier los is, bevor du deine Klappe aufreißt.", rief Helga.

„Wat soll bei euch schon los sein, is wohl der Stiel vom Schrubber durchgebrochen oder wat?", antwortete Manni genervt. Die Frauen versuchten dem Ruhrpott-Rocker zu erklären, dass sich im Keller Ratten befinden und sie dies beobachtet hätten. „Bevor wir den Hauseigentümer, der ja noch nich ma Kohle für Rattengift hat anrufen, werden wir wohl dat

Problem selbst inne Hand nehmen müssen.", sagte Manni kleinlaut. Er schämte sich etwas für sein impulsives Verhalten. „Ich geh' gleich inne Apotheke und besorch dat Zeug, macht euch ma keine Sorgen Mädels, Manni macht dat schon.", grinste er. Kurze Zeit später wurde das Rattengift im gesamten Keller ausgelegt und einige Wochen später war der Spuk vorbei. Drei fette Ratten lagen im Kellergang. Natürlich war Manni derjenige, der die Viecher entfernte.

Mit seiner Schwester hatte er sich ausgesprochen. Der Besuch verlief positiv. Sie hatte wieder mal Ärger mit Hans, ihrem Ollen. Der konnte seine Finger nicht von der geilen Friseuse lassen, die bei seiner Schwester im Haus wohnte. Na, ja was konnte Manni schon tun, eigentlich nichts. Aber er und seine Schwester waren sich auf diese Weise wieder näher gekommen und das war das Wichtigste für Manni. Ach ja, kürzlich war ihm sein früherer Schulkamerad Anton über den Weg gelaufen. „Den muss ich unbedingt anrufen, sons is hängen im Schacht.", dachte er. Er wählte Antons Nummer mit seinem Asbach Uralt-Telefon. Damals kamen gerade die grünen, mit dicken

Tasten, in Mode. Aber was sollte er sich noch was Neues zulegen, er doch nicht, nicht unser Manni. „Bis du dat, Anton? Ich wollt mich ma bei dir melden, mein Freund.", rief Manni im Eifer des Gefechtes viel zu laut in die Hörmuschel hinein. Die Antwort kam promt: „Wer soll dat denn sons sein, du Knalltüte." „Hasse Lust mit mir inne Kneipe bei Tante Olga einen kleinen zu schnasseln?", antwortete der ewige Jogginghosenfanatiker erwartungsvoll.

„Klar Mensch, is ja auch viel zu erzählen, schließlich haben wir uns lange nich gesehen.", kam sofort die Antwort. Einige Tage später saßen sie zusammen in der urigen Kneipe von Tante Olga. Die Wirtin war schon etwas älter, aber sie verstand was von ihrem Geschäft. „Olga, hasse ma ein paar Mettbrötchen für'n einsamen Rentner?", sprach Manni die Wirtin an. „Na klar doch, Manni. Für dich doch immer.", sagte Olga. Anton meldete sich jetzt zu Wort: „Ach, bringen se uns noch zwei Kurze und zwei Pilskes, wennet nix ausmacht." Die beiden Freunde erzählten und erzählten. „Abber sach ma, Anton, wat hasse denn die ganzen Jahre so gemacht, dat musse mir noch verklickern.", wollte das Ruhr-Pott Original wissen. Anton antwortete ihm mit einem traurigen Gesicht: „Meine Grete is vor drei Jahren gestorben und dat hat mir ganz schön dat Herz gebrochen, Manni. Seit dem komm ich nich mehr richtig auße Pötte." „Und wie sieht et bei dir aus?", wollte Anton wissen. „Weiße Anton, eigentlich hab ich keine Lust mehr zu leben. Mir geht et ganz schön dreckig, ich denk dabei an meine Seele, wenne weiß, wat ich mein.", antwortete Manni. Zwischenzeitlich hatten sie mehrere Körnchen und Bierkes geschluckt. Sie merkten nicht, dass es schon recht spät war. Als sie zum Ausgang gingen, kam Tante Olga mit, denn sie wollte bei der Gelegenheit ihre Gaststädte schließen. Vor dem Eingang standen einige zwielichtige Gestalten herum, die keinen guten Eindruck machten.

„Da müssen wir trotzdem durch und du, Anton, kommst für diese Nacht zu mir. Morgen kannze dann widder mitte Straßenbahn nach Hause fahren.", sagte Manni. Die Männer standen so, dass Anton und Manni nicht vorbei konnten. Sie mussten zwangsläufig fragen, ob man sie mal durchlassen könnte. „Pass doch auf, du blöder alter Sack, sons kannze dir die Radiesken von unten begucken, hasse dat kapiert?", sagte einer der drei Männer, die den Ausgang blockierten. „Aber entschuldigen sie, wir wollten doch nur vorbei und haben höflich gefragt.", antwortete Manni in klarem Hochdeutsch. Dass er noch diese Ausdrucksweise beherrschte, wunderte ihn selbst. „Lass'die beiden doch vorbei, wat soll der Quatsch, Klausi.", sagte einer der drei Männer. Schließlich konnten Manni und Anton doch noch ohne Schaden genommen zu haben nach Hause fahren. Sie stiegen in die Straßenbahn, die zu später Stunde noch fuhr. Eine halbe Stunde später, standen sie schon bei Manni vor der Haustür. Er fingerte in seiner Hosentasche herum, bis er doch noch seinen Wohnungsschlüssel fand.

Die beiden Männer legten sich sofort hin, da sie verständlicherweise einen über den Durst getrunken hatten. Am anderen Morgen besprachen sie bei einer Tasse Kaffee und frischen Brötchen, wann sie sich das nächste Mal treffen könnten und wo. „Ich schlage vor, wir gehen in Essen mal ins Theater, was hälst du davon, Manni?", schlug Anton vor. „Und anschließend gehen wir schön essen in Essen, ich kenn' da auf der Rüttenscheider ein tolles Restaurant.", fügte er hinzu. „Du, Anton, ich muss sagen, deine Ideen waren schon immer grandios.", antwortete Manni voller Begeisterung. Manni brachte seinen Kumpel noch zur Bahn und die Männer umarmten sich bei der Verabschiedung.

Für das Ruhrpott-Original war das Treffen mit Anton mal eine willkommene Abwechslung. Zufrieden wollte er zur Trinkhalle um Zigaretten und Cola zu kaufen. „Wat hasse denn, Uschi, du siehs aus wie ausgeschissen, bisse krank?", fragte Manni seine frühere Freundin. „Ja, kann ich dir sagen, aber nur weil ich dich so gut kenne.", flüsterte Uschi, denn es sollte Niemand mitbekommen. Sie redete weiter: „Die Banken haben mir den Hahn zugedreht, weil ich die Kreditraten nicht mehr zahlen kann." „Das, was ich in den letzten Wochen hier eingenommen habe, reicht nicht zum Leben und nicht zum Sterben, wenn sich nicht schnellstens was ändert, bin ich erledigt." „Ich muss den Getränkelieferant bezahlen und auch andere wichtige Sachen.", meinte Uschi.

„Komm' doch mal morgen inne Mittagspause rüber zu mir, damit wir alles besprechen können.", schlug Manni vor. „Ich werde dir helfen, Uschi, mach' dir bitte keine Sorgen, hörße Uschi, wir werden dat schaffen. Ich werde dich nicht hängen lassen.", sagte Manni noch. Kurze Zeit später klingelte Uschi an seiner Wohnungstür. „Bitte komm' doch herein und setz' dich erst mal, dann erzählze mir ma wat Sache is.", sagte der Ruhrpott-Rocker. Leise begann Uschi ihre Geschichte zu erzählen: „Als Konrad dat Zeitliche gesegnet hatte, musste ich ihn von meine paar Kröten, die ich nebenbei verdient habe, auch noch inne Urne befördern lassen." Weiter sagte sie: „Der hatte hinter meinen Rücken unsere Ersparnisse verzockt und einen Haufen Schulden gemacht. Ich hatte zu spät reagiert, sonst hätte ich ja die Möglichkeit gehabt alles abzulehnen. Nun fliegt langsam der Traum von der Selbständigkeit davon. Die Banken haben jetzt Angst, datt'se ihre Moneten nich mehr wiederkriegen und geben mir noch nicht einmal ein Darlehen. Ich bin verzweifelt. Wenn nicht bald wat geschieht, bin ich genauso schnell widder weg, wie ich gekommen bin, Manni.", sagte sie verzweifelt.

„Nun mal ganz ruhig, Uschilein, wir müssen genau überlegen, wie wir deine Lieferanten bezahlen können und die Renovierung des Büdchens. Aber ich hab' da ne Idee.", meinte Manni. „Ich war ja immer schon en Sparfuchs, dat weiße ja noch ne, Uschi?" „Ja klar, aber warum frachse denn jetz.", sagte sie. Manni erklärte ihr, dass er einiges gespart hätte im Laufe der Jahre und dass er ihr mit 10.000 Euro aushelfen könnte. Aber um das Geld wieder an Manni zurück bezahlen zu können, müssten sie hart arbeiten. Aber auch um ordentlich Gewinn zu erwirtschaften. Uschi konnte nicht glauben, was sie da hörte und wäre am liebsten Manni um den Hals gefallen. „Ja und wie stellze dir dat Konzept vor, Manni?", wollte Uschi wissen. „Wir müssen wat anbieten, wat kein anderer Budenbesitzer anbietet, dann könnten wir dat Kind schon schaukeln.", sagte Manni. Jetzt viel Uschi wieder ein, warum sie sich damals in Manni verliebt hatte. Sein konsequentes und zielstrebiges Handeln hatte sie schon damals fasziniert.

Manni und Uschi stellten einen Plan zusammen, der alles vorher Dagewesene in den Schatten stellte. Am frühen Morgen sollten für die ersten Berufstätigen oder für diejenigen, die von der Nachtschicht kommen, frische, gut belegte Brötchen und Kaffee oder Tee angeboten werden. Aber auch warme Sachen wie heiße Würstchen oder mal einen Eintopf, der in kleinen Schalen serviert würde. Das Essen würde Manni am Abend vorher schon kochen und zum Büdchen bringen. Eine kleine Kochplatte für Uschi hatte Manni noch im Keller. Uschi war begeistert von dem Plan. „Nun müssen wir erst mal die Lieferanten bezahlen und die Bude renovieren.", sagte Manni.

Eine Woche war nun das Büdchen geschlossen, aber was dann zu sehen war, hatte etwas Besonderes und zog sämtliche Leute in seinen Bann. Vor der Bude war noch genügend Platz, um ein paar Tische und Stühle aufzustellen. Die Erlaubnis dazu hatte Uschi. Jeden Tag roch es nach einem leckeren Essen und es duftete nach frischem Kaffee und knackigen Brötchen. Es kamen sogar in der Mittagspause die Angestellten einer Bank, die ganz in der Nähe war. Ältere Menschen und Schulkinder, aber auch andere Berufstätige. Das Geschäft florierte und die Kohle floss in Strömen. Es wurde auch hart gearbeitet. So wie Manni und Uschi miteinander umgingen und zusammen arbeiteten, musste man annehmen, dass sie schon ewig ein Paar gewesen wären. Schnell hatten sie das Geld verdient, denn Mannis Ideen hatten sich tausend Mal bezahlt gemacht. Einige Monate später konnte Uschi alles wieder zurückzahlen und sie hatte auch noch die Möglichkeit etwas zur Seite zu legen.

„Uschi, ich möchte dich gerne zum Essen einladen. Ich hab' hier beim Griechen umme Ecke schon einen Tisch klar gemacht, wat sachse, Uschiken?", fragte Manni. „Kannze mich denn nich vorher fragen, wenne ein Tisch bestells, Manni?", antwortete Uschi. Ein paar Kollegen von Manni, die an der Bude standen, riefen einstimmig: „Mensch Uschi, jetz sach schon ja, denn Manni issen Toften, dat kannze glauben." Das hatte wohl gewirkt, denn wenig später saßen Uschi und Manni beim Griechen an einem festlich gedeckten Tisch. Nur eine Kerze brannte und die beiden schauten sich tief in die Augen. Beide dachten wohl in diesem Augenblick das Gleiche oder? „Uschi, ich wollte dich ma wat fragen. Hasse Lust bei mir die Matratzen zu

testen, heute Nacht vielleicht?", sagte Manni dreist.
„Wat is los? Dat geht aber wieder sehr schnell bei
dir.", antwortete Uschi. Sie sagte: „Na, meinetwegen
du Gauner, aber lasset nich zur Gewohnheit werden."

Nach dem guten Essen waren beide etwas angesäuselt.
Kein Wunder, denn der Uso vom Jugoslawen hatte es
ganz schön in sich. An der Haustür angekommen, nahm
Manni Uschi in den Arm und sie küssten sich lange.
„Doch es dauerte nur einen Moment und die Realität
holte beide wieder ein. „Die Haustür wurde
aufgerissen und Susi stand vor ihnen. „Ach, ich dachte
da bricht einer ein, Entschuldigung, Manni.", sagte
Susi ganz blöd. Sie dachte wohl wirklich, Manni wüsste
nicht warum sie nachgeschaut hat, dieses Biest. „Ach
ja, Susi, so, so, is ja ganz wat Neues, watte mir da
verklickern wills. „Is ja schon gut, ich hab' mich eben
vertan.", sagte sie und verschwand in ihre Wohnung.
Manni und Uschi gingen rein. „Schau' dich ruhig um,
Uschi, dat hab' ich alles von meiner Tante
übernommen, als sie starb. Dat is zwar Düsseldorfer
Barock, abber gemütlich. „Ne, da guck ich nich nach,

ich wunder mich nur, dat du deine Bude so sauber has, als Junggeselle, meine ich.", sagte Uschi.

„Ich will ja nich in meinem eigenen Mist ersticken.", entgegnete Manni und musste lachen. Nach einer kurzen Unterhaltung gingen sie ins Schlafzimmer. Uschi zog sich langsam aus und huschte unter die Dusche. Man, was sah sie klasse aus. Und was für eine tolle Figur. Auch Manni zog sich seine Asbach-Uralt-Klamotten aus. Er ging zu Uschi in die Dusche und was sie dort machten, kann man sich ja denken. „Mensch Meier, du fühls dich ja immer noch so toll an, wie damals.", schwärmte Manni. „Ja und bei dir hängt immer noch nix runter.", musste Uschi feststellen. Beide mussten lachen, sie seiften sich gegenseitig ein und huschten dann ins Bett.

Sie waren so laut in der Nacht, dass am anderen Morgen Helga anklopfte und sich lauthals beschwerte. „Man, man Manni, dat bin ich ja gar nich gewohnt von dir, sonst bisse doch immer so zurückhaltend.", kreischte Helga. „Ach, wat soll der Scheiß denn, Helga? Kann ich hier als einziger Bewohner keinen Besuch empfangen, ohne dat einer von euch seinen

Senf dazu gibt; oder wat is hier los?", brüllte Manni wütend herum. Helga zog ab. „Mein Gott, wat is dat hier denn für ein Tollhaus, darf man hier keinen Mucks von sich geben?", meinte Uschi. „Die haben doch alle den Knall nich gehört, abber wenn se mit Helmut Zoff hat, wackeln die Wände, wat meinze wie oft ich da schon unter de Decke gekloppt hab.", sagte der Ruhrpott-Playboy. „Ach, da musse nix drum geben, is doch Kinderkacke, oder." antwortete Uschi. Wie dem auch sei, Uschi musste wieder in ihr Büdchen.

Die Müllabfuhr kommt jeden Freitag und ausgerechnet an diesem Morgen ging alles schief. „Verdammte Scheiße, wat is denn hier los, bin ich hier im Schwimmbad gelandet?", rief der Mann von der Müllabfuhr wütend. Das Wasser floss in Strömen die Treppen herunter und wenn man nicht aufpasste, konnte man schlimm ausrutschen, denn es war Lauge. Manni riss seine Tür auf und rief: „Wär' ja auch gelacht, wenn hier mal nix passieren würde." Er ging vorsichtig nach oben und sah schon das Dilemma. „Hotte, Hotte mach die Tür auf, du Tünnes, merkse denn nich wat hier los is.", schrie Manni wütend und klopfte verzweifelt an Hottes Wohnungstür.

Hotte war eingeschlafen und hatte nicht gemerkt, dass der Schlauch seiner Waschmaschine, die im Bad steht, abgesprungen war. „Um Gottes Willen, wat mach' ich jetzt nur.", sagte Hotte verzweifelt. Seine frisch angetraute Ehefrau Margot war nicht zu Hause und wenn sie die Katastrophe sehen würde, dann könnte sich Hotte warm anziehen. „Schnell, Hotte, wir müssen handeln, bevor noch mehr passiert, denn die Lauge ist schon bei Helmut und Helga in den Flur gelaufen.", beruhigte Manni ihn. Sie drehten zuerst das Wasser ab und Manni drehte den Schlauch wieder fest. Nun putzten beide Männer die Treppen von oben bis unten. „Ha, ha, guck mal unsere Putzteufelchen sind wieder am Werk.", witzelte Lotte, die gerade den Hausflur betrat. Mit rotem Kopf antwortete Manni: „Nimm lieber einen Lappen und helf' uns mit, denn Hottes Waschmaschine is gerade ausgelaufen Lotte." „Ach so, dat wusste ich ja nich.", entgegnete sie verschämt. „Abber danke auch für dat Putzteufelchen, ich hab' wirklich einen Putzfimmel Lotte, ich wollte da nur nich drüber sprechen und nu iset endlich raus.", lachte Manni. Alle mussten laut lachen und Lotte holte sofort Eimer und Schrubber heraus und half mit. Nachdem die anderen im Haus auch erfuhren, was geschehen war, waren fast alle Hausbewohner gleichzeitig im Flur und halfen mit. Hotte und Margot hatten sich überlegt, alle zu Tante Olga einzuladen. Sie wollten sich für ihre Hilfsbereitschaft, mit einem schönen Essen erkenntlich zeigen. Hotte und Margot waren natürlich zuerst da. Es war schon alles fix und fertig gedeckt. Wie eine Hochzeitstafel hatte Tante Olga den großen Tisch fertig gemacht. Sogar die Blumen hatte sie nicht vergessen. Die lebenslange Erfahrung in der Gastronomie machte sich eben immer wieder bemerkbar. Es duftete herrlich nach einem leckeren Braten aus der Küche.

Kurze Zeit später trudelten alle ein. Als erste waren Manni und Uschi da. Natürlich sorgte Manni, wie immer, für Stimmung. Nun ja, man kann das von zwei Seiten betrachten. Jetzt saßen alle am Tisch und Tante Olga kam mit ihrem dicken Block und nahm erst mal die Bestellung der Getränke auf. Was Alkohol betrifft, waren alle sehr zurückhaltend, außer Susi. Sie bestellte sich einen hochprozentigen Drink, anstatt ihren Durst mit Wasser zu stillen. „Dat is doch immer dat selbe mitte Susi wenn wir zusammen sind, so jung und muss sich immer einen hinter de Binde gießen.", schimpfte Manni. „Ach lasse doch, da kriegen wir bestimmt noch Spaß heute Abend.", sagte Hotte und konnte sich das Lachen nicht verkneifen. Als Olga die Getränke brachte, goss sich Susi auf einmal den ganzen Fusel in den Rachen. Olga fing an, mit ein paar Servierkräften die Vorsuppen zu bringen. Rindfleischsuppe mit Klößchen. Es roch sehr lecker. Ein lustiger Abend gestaltete sich. Der Schweinebraten war einfach ein Genuss. Alle waren zufrieden. Hotte und Margot animierten noch ihre Gäste etwas zu trinken. Was dann auch alle gerne taten. Susi hatte sich mittlerweile den dritten Drink genehmigt. Ihre Augen trafen nur das Ziel nicht, welches sie anpeilte. Und dann schüttete sie sich alles über ihre Bluse. Susis Bluse machte den Eindruck, als wenn sie gerade eben eingelaufen wäre. Was alle anderen da zu sehen bekamen, war mehr als prächtig. Susi trug keinen BH. Trug sie eigentlich nie, wenn solche Treffen anstanden. Bei jedem Wegwischen öffnete sich ein Knopf mehr. Die Bluse war nass und die Nippel zeichneten sich deutlich ab. Plötzlich hingen beide Brüste draußen. Ihre Nippel waren groß und hart. Gierig schauten die Männer ihr ins Gesicht, oder so. Natürlich hatte Manni wieder mal Schwierigkeiten sich zu beherrschen. Uschi merkte, dass seine uralte Sporthose ganz schön zwischen seinen Beinen ausgebeult war. Sie lenkte geschickt die Aufmerksamkeit auf sich. Zunächst nahm sie seine Hand und legte sie auf ihre Schenkel. Manni fand sofort, was er suchte. Genussvoll schob er Uschis Rock hoch und kraulte ihren Busch. Uschi war untenrum nicht rasiert und trug auch kein Höschen. Nun griff Uschi in Mannis Hose und befriedigte ihn. An seinem Räuspern merkte sie, dass er seinen Höhepunkt erreicht hatte. Sie hob sich ihren für die Nacht auf, da müsste Manni nochmals seinen Mann stehen.

Nun ja, alles in allem war der Abend schön. Das Essen war wie immer bei Olga hervorragend. Es war schon sehr spät, als alle zusammen die Gaststätte verließen.

In der Wohnung von Manni ging es nicht gerade leise zu. „Warum lässt du dich eigentlich immer so schnell anmachen, wenn du Titten siehst.", giftete Uschi ihren neuen Verflossenen an. „Mensch Uschi, ich glaube, weil ich ein Mann bin oder etwa doch nich, dann muss ich schnell zum Arzt.", antwortete das Ruhrpott-Original. „Ja, dat ist mir schon klar, aber wenigstens in meiner Gegenwart hättest du dich doch zügeln können.", entgegnete Uschi. Beide schauten sich tief in die Augen und mussten laut lachen. „So, mein Lieber, dann zeige mir jetzt wasse drauf hast, ab inne Poofe." Uschi kam drei Mal zum Höhepunkt. Danach machte sich die frisch gebackene Budenbesitzerin auf den Weg in ihre Wohnung, die sich genau über der Trinkhalle befand. Wenn sie jetzt nicht gehen würde, käme sie morgen nicht aus dem Bett. Das wäre fatal für ihren Umsatz, denn gerade am frühen Morgen war viel zu tun. Aber an jedem Wochenende ging es ja weiter auf Mannis Matratze.

Ganz früh am Morgen kochte Manni schnell eine Gulaschsuppe und brachte den großen Topf, noch bevor Uschi wach wurde, in das Büdchen. Nun fuhr er noch schnell zur Metro, ein paar Einkäufe erledigen. Denn gerade am Wochenende ist hier die Hölle los. Von morgens bis zum Abend Kunden, Kunden, Kunden. Angefangen von den Frühmalochern, den Arbeitsuchenden, dem einsamen Rentnerpaar, den Kindern und den Geschäftsleuten, die ein paar Straßen weiter ihre Läden hatten, bis zu Menschen aus den Nachbarstätten Moers und Oberhausen, ja sogar aus Essen.

Nach den Vorbereitungen im Büdchen überließ Manni Uschi das Schlachtfeld. Komplett den ganzen Tag in der Trinkhalle stehen, war nix für unseren frisch verliebten Steinzeit-Rocker. Manni ging zufrieden um die Ecke und stand nun vor dem ehrenwerten Haus, in dem er wohnte. Er wollte gerade die Haustür aufschließen, als Bodo und Lotte von ganz oben vor ihm standen. „Hallo Manni, hasse schon mal in dein Briefkasten geguckt?", sagte Bodo. „Ne, warum denn, wat is los?", entgegnete Manni. Er schloss seinen Briefkasten auf und fand einen Zettel, auf dem stand: „Ihr habt doch wohl den Knall nich gehört, ihr Blödmänner. Nur feiern, saufen und bumsen könnt ihr.

Liebe Grüße von einem heimlichen Beobachter." Manni, Bodo und Lotte schauten sich nur an und mussten laut lachen. Sie kriegten sich nicht mehr ein. „Mensch wat is dat denn für'n Schwachsinniger?", meinte Bodo. Da die Hausbewohner glaubten, es hier mit einem Idioten zu tun zu haben, der sich einmal einen Scherz erlaubt hat, vergaßen sie schnell den Vorfall und gingen zur Tagesordnung über. Manni putzte seine Wohnung, die es längst mal wieder nötig hatte. Dabei stieß er beim Aufräumen des alten Wohnzimmerschrankes, den er damals von seiner verstorbenen Tante übernommen hatte, auf eine kleine Holzschatulle. Sie war abgeschlossen. Sicher ist sie ihm schon damals aufgefallen, aber er wollte sie nicht auf den Sperrmüll geben, weil sie zu schön war. Die ganzen Jahre über hatte er nicht mehr daran gedacht. Er nahm das Kästchen in die Hand und musste feststellen, dass es recht schwer war. „Wat konnte da nur drin sein?", dachte Manni. Der Dauerwellenliebhaber ging in seine Küche und holte ein geeignetes Werkzeug um den Kasten öffnen zu können. Was er da zu sehen bekam, das hätte er sich in seinen kühnsten Träumen nicht vorgestellt. Gold, pures Gold bis oben hin. Alles was seine Tante sich zur Seite gelegt hatte, wandelte sie kurze Zeit später bei ihrer Bank in kleine Goldbarren um. Außerdem Goldschmuck, Ketten, Ringe und goldene Uhren mit Diamanten besetzt. Nein, er konnte es nicht glauben, musste sich setzen und zwei Schnäpse kippen, damit er ruhiger wurde. Da niemand anders als Erbe in Betracht kam, als er, hatte er auch kein schlechtes Gewissen, dies zu nehmen. Von nun an war er ein gemachter Mann. Finanziell brauchte er nicht mehr mit dem Pfennig zu rechnen. Nur, sagen wollte er keinem etwas davon, bis auf seine Uschi.

In dem Duisburger Sechsfamilienhaus ging ein Tag, voller Aufregungen und Überraschungen, zu Ende. Hier is getz hängen im Schacht!

Ach ja, und was wurde aus Uschi und Manni? Beide heirateten. Manni hat nur noch Augen und Gefühle für seine Uschi. Jeden zweiten Abend quietscht das Bettgestell. Den Kiosk haben sie nochmals vergrößert, dazu ein Café neben an eröffnet. Mani trägt heute einen gepflegten Zwirn. Aber er hat nie vergessen, woher er kam und gibt jedem, der nicht gleich zahlen kann, Kredit. Und Uschi? Sie trägt immer noch kein

Höschen unter dem Minirock. Beide schauen hin und wieder aus dem Kioskfenster... wo Manni seine Finger hat? Das wissen wir wohl genau, oder?

Und die Zeit verging...

So, das war es oder wie der Ruhrpottler sagt: „Hier is getz hängen im Schacht!" oder alle anderen: „I'll be back!" oder „Coming soon!"

Im Jahr 2020:

Der Frühling ist da und bei Manni werden wieder bestimmte Gefühle aktiviert. Sicher, Uschi liebt ihn und seine besonderen „Fähigkeiten", aber zu oft kam es vor, dass Manni in so einer Phase über die Stränge schlug, zumindest in früheren Zeiten.

„Uschi, komm' mach mal schneller, ich hab' vielleicht einen Durst!", rief der Frühlingsexperte aus dem Wohnzimmer. Sie kannte alle Macken, die im Laufe der Jahre bei ihrem Manni zu Tage kamen. Frühlingszeit gleich Manni-Zeit könnte man sagen.

„Ich komme Schatz, nur keine Panik", lachte Uschi. Uschi sah immer noch jung aus.

Nur für ihre Stammkunden hatte die Pächterin des Büdchens um die Ecke eine kleine Abschiedsparty angekündigt. Hier soll stattdessen demnächst eine kleine Pommes Bude Einzug halten. Ein Stehtisch und ein oder zwei Stühlchen vor dem Verkaufsfenster sollen bleiben. Das ist auch gut so, denn die alt eingesessenen Besucher stehen nicht auf Veränderungen. Was sich ändert, ist dann, dass es Pommes Rot-Weiß gibt. Nicht zu vergessen die leckere Currywurst.

Manni und Uschi verließen voller Erwartung ihre Wohnung und gingen Händchenhaltend zum Büdchen um die Ecke. Der Geile Frühlingsbote, mit seiner uralten Pudelfriseur, sah auch noch recht gut aus. Die Gold-Kettchen, die er damals um seinen Hals und um sein Handgelenk trug, hatte er immer noch. Ja, und nicht zu vergessen, die immer krasser in Erscheinung tretenden Frühlingsmerkmale. Sie zeichneten sich in seiner längst abgenudelten Jogginghose ab.

Am Büdchen angekommen, warteten schon die Gäste, um Uschi und Manni zu verabschieden. Kalte Platten und Salate wurden gereicht. Eigentlich wäre Manni mit einem Iglo aus purem Eis besser geholfen, denn er war so heiß auf Uschi, dass seine Jogginghose kaum dieses Volumen verstecken konnte.

Die letzten Biere flossen in Strömen, und der eine oder andere wagte noch ein kleines Tänzchen. Langsam wurde es Zeit. Alle verabschiedeten sich, und es flossen auch Tränen. Zu schön waren die Jahre am Büdchen. Viele sahen hier ihr zweites Zuhause, und hin und wieder gab es einen Eintopf. Na ja, lassen wir uns überraschen, wie es nun weitergeht, in der kleinen Siedlung. Uschi und Manni genießen nun ihren Ruhestand und freuen sich demnächst auf Pommes Rot-Weiß mit Currywurst.

Die Straßen von San Francisco – unser neues

Buch mit Kriminalgeschichten rund um den Globus.

Danke für Ihr Interesse!